U0640932

风靡世界
百年畅销经典

无障碍阅读
彩色插图版

西顿野生动物小说全集

野兔一只耳

YE TU YI ZHI ER

畅销经典

[加拿大] 欧·汤·西顿 著

庞海丽 译

艺术体裁　蕴含哲理　开阔眼界

吉林出版集团股份有限公司
全国百佳图书出版单位

图书在版编目（CIP）数据

野兔一只耳 / （加）西顿著；庞海丽译 . -- 长春：
吉林出版集团股份有限公司 , 2015.7
（西顿野生动物小说全集）
ISBN 978-7-5534-7917-0

Ⅰ . ①野… Ⅱ . ①西… ②庞… Ⅲ . ①儿童文学—
短篇小说—小说集—加拿大—现代 Ⅳ . ① I711.84

中国版本图书馆 CIP 数据核字 (2015) 第 142907 号

西顿野生动物小说全集

野兔一只耳

著　　者 / [加] 欧·汤·西顿
译　　者 / 庞海丽
出 版 人 / 齐　郁
选题策划 / 朱万军
责任编辑 / 孙　婷　　田　璐
封面设计 / 西木 Simo
封面插画 / 西木 Simo
版式设计 / 炎黄艺术
内文插画 / 托　尼
法律顾问 / 刘　畅
出　　版 / 吉林出版集团股份有限公司
发　　行 / 吉林出版集团青少年书刊发行有限公司
地　　址 / 吉林省长春市人民大街 4646 号
邮政编码 / 130021
电　　话 / 0431-86037607
印　　刷 / 三河市燕春印务有限公司
版　　次 / 2015 年 7 月第 1 版
印　　次 / 2018 年 7 月第 4 次印刷
开　　本 / 880mm × 1230mm　　1/32
印　　张 / 5.25
字　　数 / 71 千字
书　　号 / ISBN 978-7-5534-7917-0
定　　价 / 27.00 元

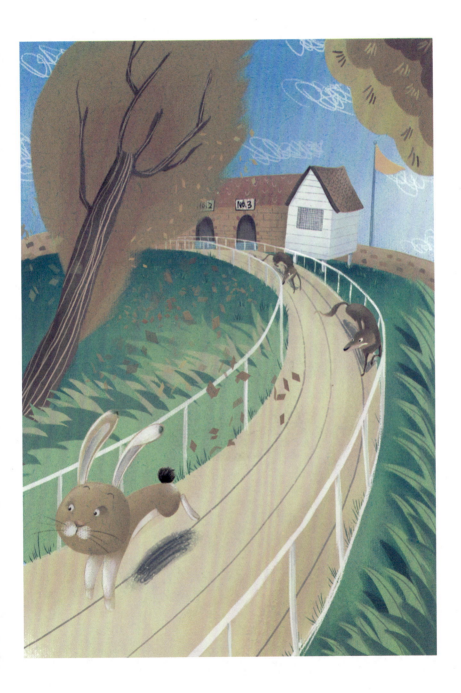

目 录

贫民窟里的猫

1. 母猫的孩子们

一个男人推着小车在小巷里高声地吆喝着："卖肉喽！卖肉喽！"

这叫卖声仿佛具有魔法一般，无数只猫纷纷从各个角落里钻了出来，向这辆手推车蜂拥过来，丝毫不在乎旁边还站着一只狗。必须承认，那只狗一脸漠不关心的样子。

"卖肉喽！卖肉喽！"肉贩子边走边大声吆喝着。他个子很矮，身上脏兮兮的，看上去很粗鲁，他一边吆喝一边往前走，那些猫紧紧地跟在他后面。

走出大约五十米时，男人停下了车，从车上的箱子里将穿在铁钎子上的肉串取下来，这是些猪、牛的内脏和下水，香气扑鼻，非常诱人。此时，所有的猫都围拢了过来。它们各自叼起一块肉，转过身去，一边"呜呜"地叫着，一边快速地跑开了。它们瞪着发亮的眼睛巡视了一下周围，都想找一个安静的地方去独享美食。

"卖肉喽！卖肉喽！"还想再要一块肉的猫，很快就又跟上来了。对于这些围过来要肉吃的猫，男人都认得它们是谁家的。千万不要认为他是一位乐善好施的慈善家，实际上，他绝对称得上是一个厚颜无耻的家伙。因为这些猫的主人都是事先交了钱的，所以男人就根据交钱的多少来分给它们不同数量的肉。黄猫比利的主人这个月没交钱，但这只猫的脸皮很厚，还想蹭上一顿。男人的账本上清楚地记着哪些猫的主人每周如期交了十美分，哪些猫的主人没付钱。不过，他的账本不是笔记本，而是自己的脑袋。伏西家的猫这次只分到了一小块肉，因为它的主人没交够钱；那只脖子上系着彩条的猫分得了很大一块肉，因为它的主人是酒厂的老板，他很照顾这个男人的生意，交了很多钱；警察先生的猫也分得了一块不错的肉，这不是因为他交了钱，而是因为他很照顾这个男人的肉店，所以他的猫就可以得到很多优惠。

并不是所有挤在他周围的猫都有肉吃。一只长着白纹的黑猫虽然也想领一块肉吃，但却被这个卖肉的男人给赶走了。白纹黑猫非常不理解，立马又追了上去。一直以来，它都能领到肉吃的，怎么今天却受到冷遇了呢？头脑简单的猫当然不会明白，但这个男人却再清楚不过了，它的主人这次没有交钱给他。他记得清清楚楚的。男人的车子周围一下子聚集了四百多只猫，很多都是无人养的野猫，它们也挤过去，想碰一碰运气，看能不能捡到一小块肉吃。

在这些野猫中，有一只灰色的母猫，它身上脏得不得了，长得又高又瘦，它和孩子们住在一个无人知道的角落里。现在，它也挤在那个卖肉的男人车旁，嫉妒地看着那些有肉吃的幸福的猫。此时，一只野猫看到一只领到肉的小猫跑了出来，便上去抢，结果肉掉到了地上，这两只猫便开始争夺起来。灰母猫趁机叼起那块肉，飞快地逃跑了。

母猫叼着美食穿过一个墙角的小洞，然后越过后墙，在一个僻静的角落里坐了下来，开始狼吞虎咽地享用这顿美餐。吃完后，它心满意足地舔了舔嘴唇，然后便幸福地回家去了。它把自己的家安在了一个垃圾堆旁的饼干盒子里，它的孩子们此刻正在焦急地等它回来呢。

离自己的家已经很近了，它突然听到了小猫们无助的叫声。它飞速地冲了回去，就见一只健壮的公猫正在咬它的孩子呢。母猫"嗷嗷"大叫着，愤怒地扑向了这只比自己大很多的公猫。那只公猫就像是干了坏事被逮个现行一样，立马逃掉了。

母猫往自己的窝里一看，发现里面只剩下一只小猫咪了。这只小猫咪灰毛里夹杂着黑色的花纹，鼻头、耳朵以及尾巴尖都带着一点儿白色，跟它妈妈长得很像。

痛失爱子的母猫悲伤了两三天，之后，它便把全部的母爱都给了这只幸存下来的小猫咪。虽然那只黑公猫咬死那些小猫居心不良，但无形之中却也帮助母猫减轻了养育幼子的负担。现在，母猫没事就在垃圾场附近觅食，一心一意想把自己唯一的爱子养好。在母亲尽心尽力的抚养下，小猫很快就长得很强壮了。

母猫每天都会出去觅食。垃圾堆里有很多好吃的东西。虽然这里没有诱人的肉块儿，但像土豆皮、鸡骨头之类的食物却每次都能找到。

一天晚上，一股诱人的香味从后街尽头的河面上飘了过来，对母猫而言，这香味陌生而充满了诱惑。

于是，它就顺着气味朝岸边的码头跑去。

此时已是深夜，周围一片漆黑。但就在这只母猫向码头跑来的时候，身后突然传来一阵狗叫声，接着便是粗笨的脚步声，原来，这只母猫无意中闯入了狗的地盘，为了捍卫地盘，那只狗便怒气冲冲地向母猫冲了过来。周围根本无处可躲，母猫只好本能地向船那边逃去。

它从码头跃上了甲板，可那只狗却并没有跟上来。

这时，母猫发现，那股香味就是从船上飘出来的。为了避难，同时也因为好奇，母猫就一直待在这艘船上，没回岸边去。可第二天一大早，这艘船就出发了，母猫就这样被船带走了。从那以后，它就再也没有在码头或巷子里出现过，就像失踪了一样。

2. 运气里存活

而那只小猫还在那个饼干盒子里等妈妈回来呢！夜晚过去了，早晨又开始了，但还是不见妈妈的身影，它的肚子饿得"咕噜咕噜"直叫。

直到黄昏，妈妈还是没有回来，出于求生的本能，它打算自己出去觅食，不然就会活活饿死了。于是，它便摇摇晃晃地从那个盒子里爬了出来。盒子周围摆满了闲置的破烂物品，它左闻右闻，就是找不到一丁点儿可以吃的东西。

不一会儿，它便来到了一座木质楼梯下面，它吃力地爬到了木头台阶旁，又从陡峭的台阶上走下来。台阶下有扇门，开了一点儿小缝儿，原来，这里是一家宠物店地下室的入口。所有门窗都是半开半合的。小猫咪晃晃悠悠地挤进了门缝儿，一种特殊的气味扑鼻而来。

一个黑人正呆坐在角落里的一个箱子上，一眼便看到了这只小猫咪，于是便好奇地盯着它看。小猫从好几只兔子面前经过，可笼子里的那些兔子根本就不看它。

小猫又来到了一个铁栅栏围成的笼子前，里面关着一只狐狸。

起初，狐狸绅士般蹲在笼子的角落里。可是，当小猫把鼻子凑近笼子，闻到里面食物的气味后，使劲把头往里伸时，那只狐狸突然跳过去，一把就把它给按住了。小猫"喵呜——"叫了起来，但只叫到一半就没声了，原来它的脖子被狐狸咬住了。猫的生命力尽管很顽强，但如果被卡住喉咙的话，即使再顽强，也会一命呜呼的。

就在这只小猫命悬一线之际，那个黑人走过来把它给救了。他没拿什么武器，也不可能进笼子里，他只不过朝那只狐狸狠狠地吐了口口水，狐狸就乖乖地把小猫给放开了，然后又回到刚才的角落里，蹲了下来。

黑人一把将这只小猫拎出了笼子。他以为小猫被咬死了，但仔细一看，才发现它不过是被吓晕了。

小猫在狐狸的突然袭击之下几乎窒息。等它好不容易苏醒过来后，先东倒西歪地转了几圈，定了定神儿，然后又在那个黑人的膝盖上缓了两三分钟，它的喉咙里才发出"呜噜呜噜"的声音，精神开始渐渐恢复了。

当宠物店主人回来时，小猫已经彻底恢复正常了，丝毫看不出受过什么伤。店主是靠卖鸟和其他小动物为生的。他对他的小动物非常重视，因为这些小动物可以带给他丰厚的收益，但对于巷子里的那些野猫，他却反感得不得了。一见到这只小猫，他便对黑人说："我这里不收留这样没用的东西！"

于是，黑人便喂了它很多食物，等它吃完了，便把它带到巷子的一个角落里，丢在了附近的垃圾堆中。吃过食物后，小猫一下子精神了好多，它在垃圾堆附近来回走动，不时地东张西望。它看见远处一个高高的窗户上挂着一个鸟笼，一只活泼的金丝雀在笼子里蹦来蹦去，这引起了它的兴趣。于是，它就爬到墙上，尽量站得高些，朝对面看着。

就在它看得入神时，一只大狗突然出现了。看来这个大家伙可不是好惹的主儿，小猫立马缩回头，从墙上下来了。过了一会儿，它便找了一个舒服的地方趴了下来，在温暖的阳光下睡起觉来。

大约一个小时后，它被一阵轻微的呼吸声吵醒了。它睁眼一看，就见一只大黑猫站在眼前，眼里发着绿光，脖子又粗又短，下巴又方又宽。那是一只公猫，左耳上有一个豁口，脸颊上还有一个明显的伤疤。总之，这猫一看就很不友善。它的两只耳朵微微向后竖着，尾巴尖不停地摇着，"喵——呜，喵——呜"地冲着小猫不停地低吼。

小猫不知道这只凶巴巴的黑猫想要干什么，更不知道它就是咬死它兄弟的坏蛋。它丝毫没有惧怕之意，站起身来就朝这只黑猫走去。

不料，这下子却把黑猫给吓着了，小猫这样无所畏惧，真是出乎黑猫的预料。最终，这只黑猫也没把小猫怎么样，它只是在旁边的柱子上蹭了蹭自己的下巴，便转身走开了。

无疑，小猫刚才不过是侥幸逃过了一劫，如果它刚才不是迎上去，而是掉头逃跑的话，那只黑猫肯定会把它杀死，因为猫都喜欢追杀逃跑者。

傍晚时分，小猫又饿了。院子的角落里放了一个垃圾箱，里面散发着食物的味道。它进去翻了半天，找到了一点儿能吃的东西，吃完后，它又在水管子下面的铁水桶里喝了点儿水。整整一夜，它几乎都在院子里来回地走动，为的是了解整个院落的布局。第二天，它又和昨天一样，在太阳底下睡了一天。日子就这样耗过去了。有时它能在垃圾箱里找到点儿吃的，有时一连三天都吃不到一点儿东西，也喝不到水。它就这样饥一顿饱一顿地生活着。看来，它不能再依靠这个垃圾箱了，必须另谋出路了。

有一次，它竟然发现那只大黑猫也跑到这里觅食，于是趁着还没被它发现，悄悄地逃跑了。

一天，它小心翼翼地来到高墙那边寻找食物。高墙下边有个洞，钻过去，墙的另一边十分开阔。可是，它刚钻过去，就被一只狗发现了，于是，这只狗"啪嗒啪嗒"地朝它跑了过来。

见势不妙，小猫立刻退回了那个小洞里。

此时，它的肚子早已饿得瘪瘪的了，心里非常害怕，还找不到一点儿食物。

幸好，它很快便发现了一块烂土豆皮，可把它高兴坏了。

第二天早上，一群麻雀落在了地上，一边"叽叽喳喳"地叫着，一边欢快地又蹦又跳。小猫以前从来都没有把这些麻雀放在心上，可现在，它已经饿到了极点，很想抓住一只，饱餐一顿。于是，它立刻躲藏在那些废弃的破烂儿后面，然后，偷偷地从一个藏身处溜到另一个藏身处，一步步向这些小麻雀逼近。

它锁定了离它最近的麻雀，准备就绪后，便朝它猛扑了过去，可麻雀却在紧要关头飞走了。就这样重复了好几次，小猫始终一无所获，最后，整群麻雀都飞走了。

小猫已经整整五天没吃到什么东西了，再这样下去的话，它一定会被饿死的。于是，它决定到大街上去碰碰运气。不料，它正朝着通往大街的巷子里走时，在距离高墙那个小洞稍远一点儿的地方刚一露头，几个小孩儿就朝它扔起了石块儿。它吓坏了，转身就逃。偏赶这时，狗又追过来了。紧要关头，小猫猛地瞥见了前面有个铁丝网，于是，它一下子跳到了铁丝网上。

　　就在这时，一个女人听到叫声后，从上边的窗户里探出头来，把那只惹事的狗呵斥了一顿，狗无趣地嗅了嗅，转身离开了。没过一会儿，小猫就交到了好运，原来，那家的孩子丢给它一块肉。自从它来到这个世上，还是第一次吃到这样的美味！吃完后，它就待在那家的台阶下不走了，心想着也许还会有好事发生。直到晚上，夜已深沉，周围都寂静无声了，它也没有等来好运，于是又偷偷地回到了平日栖身的垃圾堆旁。

3. 黄色公猫

两个月后，小猫长大了很多，身体也变得强壮了。现在，它对附近的地形已经了如指掌了，每次到巷子里去，它都游刃有余了。而对于大街上那些每天都排成一排的垃圾箱，它也了解得十分透彻。比如，哪家的垃圾箱里有好吃的，哪家的没有，它心里都一清二楚。很快，它也认识了那个卖肉的男人，知道他每天都会给巷子里的猫送肉吃。不过，由于没人给它交钱，它当然吃不到肉。可是，每当那些有主人养的猫围在肉贩子车的周围时，它也会加入野猫的队伍，在一旁等候时机。

当然，它也遇到了码头那边的狗，而且还目睹过那只狗杀死巷子里的猫的惨剧。不过，它懂得该如何躲避和提防那些狗。

一个偶然的机会，它又学会了觅食的新方法。送牛奶的人每天早上都会把牛奶送到订牛奶的人的家门口或是他家的窗台上，等送牛奶的人一走，有些猫便开始对牛奶跃跃欲试。但由于牛奶瓶封得很紧，这些猫不仅吃不到，甚至连味也闻不到。尽管如此，小猫也没有放弃希望。

因为，运气好时，它偶尔也会碰上瓶盖没拧紧的牛奶瓶，这时，它便趁机将里边的牛奶一口气喝干了。因此，寻找那些没拧紧盖子的奶瓶就成了它每天的必做之事。

渐渐地，小猫的活动范围扩大了。它先是到一个街区的中心待了一段时间，之后便到了更远的地方，接着又转到了那个小宠物店的地下室，最后，它再次溜到了后院里的桶和箱子中间。在别的地方，小猫难免会有陌生之感，但到了这儿，它就像是回到了老家。没错，它就是在这后院的一个破烂垃圾堆里出生的。

可令它感到生气的是，这个地方竟然被另一只小猫给霸占了。它于是便去威胁这个后来者，想把它赶走。可那只小猫也不服气，不停地对着它硬吼，想吓住它。它当然也是不示弱，也朝着对方大声吼叫，双方摩拳擦掌，眼看着一场大战就要爆发了。

　　正在这时，从上面的窗户里突然"哗"地泼下来一盆冷水，它们两个洗了个冷水澡，心中的怒火也被浇灭了。那个后来者急匆匆地跃墙而逃，而这只小猫则躲进了它出生时住的那个饼干盒子里。

　　它早已习惯了在这片区域里生活，现在终于又重新找到了自己的住处。在这个院子里，虽然没有垃圾箱，也没有水，但却经常有老鼠出没，有的老鼠还长得特别肥。小猫抓起老鼠来得心应手，经常把老鼠当大餐。接下来，小猫的日子过得很惬意。不仅再不用为生计而发愁，还尝到了胜利的滋味。

　　小猫长得很快，很快就变成一只非常出色的母猫。它的毛皮是浅灰色的，间或有黑色的斑纹点缀，长得真像一只浅黑色的老虎；而它的鼻尖、耳朵和尾巴尖则呈白色，看上去十分醒目。它的生存能力很强，很懂得照顾自己，当然也有饿肚子的时候，每当这个时候，它就会盯上麻雀，可麻雀却十分狡猾，每次都是在它要出击的时候飞走。因此，直到现在，它还没尝到过麻雀的味道。

　　八月的一天，它正在外面晒太阳，结果被一只大黑猫给发现了。那大黑猫当时正在墙上走着，一见小猫，便直奔它而来。这只大黑猫耳朵上有一个豁口，小猫一见，立马就想起了它们曾在一个铁工厂碰到过，于是吓得赶紧钻回了盒子里。

　　黑猫跃上了后院尽头一个小屋子的房顶，朝小猫步步逼近。这时，一只黄猫突然拦住了黑猫的去路。黑猫开始转而攻击黄猫，它一边龇牙咧嘴，一边发出可怕的叫声，眼睛里冒着凶光；黄猫也不示弱，它两只眼睛凶巴巴地怒视着黑猫，边吼叫边向后退了一步。

　　黑猫大叫："喵喵喵——"

　　"呜嗷嗷嗷——"黄猫也跟着叫了起来，同时把后背高高地拱起站在原地。

　　黑猫的叫声更大了："喵——呜呜——"

　　黄猫则一边"呜嗷嗷"地叫着，一边摇着尾巴，一点点向黑猫逼近。

　　没想到，黑猫却边"喵——"地叫着，边开始向后退去。

这时，院子里的人们都打开了自家的窗户，看起了热闹。

黑猫的叫声越来越大，但黄猫却毫不畏惧，只是不由得提高了嗓门儿。它先是低声叫着，然后开始吼叫，紧接着就开始嘶叫起来，它们愤怒地抖动着胡须，怒视着对方，宛如两座雕像，一动不动地待在那儿。随即，它们双方都向前迈了一步，鼻子碰到了一起。

"喵呜——呜——呜——"黄猫发出一声呻吟似的长鸣，朝黑猫猛扑了过去。

"嗷——"黑猫的爪子也伸向了黄猫。之后，它们便扭打在了一起，又咬又踢又抓。一会儿黄猫把黑猫压在了身下，一会儿黑猫又把黄猫压在了身下，双方看起来势均力敌，但黄猫似乎稍微占了点儿上风。它们不停地滚动着，厮打着。

那些看热闹的人不由得呐喊助威起来。

黑黄二猫打了个难解难分，很快就从房顶上滚落下来，在空中，它们还是互相撕咬着。落地之后，还在厮打。过了老半天，它们都身负重伤，也无力再战了，这场大战才算停息下来。

　　黄猫的耳朵后面和眼睛上方都流出血来了，而黑猫伤得更重，它的右腿被咬伤了，侧腹部还被撕开了一道长长的大口子。最后，它留下一地血迹，爬上墙逃之夭夭了。看到这一幕后，黑猫败北的事儿便传开了。这时，黄猫立刻就发现了在窝外探头观战的小猫——确切地说是母猫。小猫刚才一直都在观看那场打斗，此时，它对这只战胜的黄猫似乎产生了好感。从此，它们的感情日渐升温。

　　为了叙述方便，我们就把这只小母猫叫作吉蒂，而把那只公黄猫叫作比利吧。

　　它们虽然并没一起生活，也没有一起觅食，但却已经是夫妻了。

4. 猫窝里的小兔子

　　现在已是九月底十月初了，白天开始变短了。一天，吉蒂家的旧饼干盒子里发生了一件事儿。

黄猫比利虽是吉蒂的丈夫，却很少在庭院里出现。如果比利现在过来看一眼盒子里的话就会发现，吉蒂的肚皮下面躺着五只小猫咪——吉蒂已经做母亲了。当上妈妈的吉蒂非常幸福，它总是充满怜爱地去舔它那几个小宝贝。之前的吉蒂孤独无依，如今它也有一个大家庭了。为了养育这些孩子，吉蒂忙碌了起来，它必须出去给孩子们觅食。

小猫咪们终于可以爬出盒子，蹒跚地学习走路了。

“运气”这词儿真是让人无法捉摸，尽管经常有坏事发生，但有时好事也会接踵而至。最近，吉蒂的运气就非常好。此前，它两天都没有找到食物，还三次撞见了狗，甚至还被那个宠物店的黑人用石块儿给打了。但令它意想不到的是，眨眼之间，好运就接二连三找上门了。

第二天早上，吉蒂发现一户人家的牛奶瓶没盖盖儿，立马就把牛奶偷喝了。接着，它又巧妙地从家猫那里抢到了一块肉，在回家的路上它居然又发现了一个大鱼头。鱼头自然也被它给吃掉了，之后，它便心满意足地回家了。

　　刚回到后院时，吉蒂突然又发现了一只浅褐色的小兔子，它很想把这只小兔子捉住。可现在它吃得太饱了，于是便放弃了这个想法，继续朝家走去。

　　走了几步，吉蒂又有点儿不甘心了，它可不想把将要到手的食物扔掉，于是就又悄悄地走到了兔子身边，想活捉它，以备后用。其实，吉蒂根本不需要那么谨慎，因为这只小兔子很小，出生还没几天呢，根本不懂危险为何物。于是，吉蒂很容易就扑到了小兔子身上，叼起它，将它带回了家，放到了小猫咪们身旁。

　　小兔子没有受任何的伤，静静地坐在吉蒂的家里。过了一会儿，吉蒂开始给小猫咪们喂奶了，可小兔子居然也凑了过去吸它的乳房，吉蒂被吓了一跳。这只小兔子原本是当备用食物的，可它现在一点儿也不饿，因此也不知道该如何处置这只小兔子了。见小兔子喜欢吃它的奶，也就由着它吃了。

　　渐渐地，吉蒂把这只小兔子当成了自己的孩子，开始像照顾小猫咪们一样照顾它，于是，这只小兔子便成了它们家庭的一员。它们在一起共同生活了两个星期。有一天，小猫咪们趁妈妈外出时，爬到了盒子外面玩耍去了，小兔子羡慕极了，可它现在长得太小了，根本爬不出去，没办法，只好乖乖地待在窝里看小猫咪在外面玩。

宠物店的那个黑人很坏，他见这些小猫咪正在后院悠闲地玩耍，就想用猎枪将它们打死。于是，他拿出了猎枪，对准毫无防备的小猫咪们开了枪，可怜的小猫咪们就这样被打死了。就在这时，吉蒂叼着老鼠跑回来了，黑人本来也想把它打死，可想到以后它也许会对自己有用，便改变了主意。吉蒂大难不死，逃过一劫。

这是吉蒂第二次捉到老鼠，它怎么也想不到，正是这只老鼠救了它的命。当它回到盒子里时，发现里面只有小兔子，它的孩子们都不在。于是，它一边呼喊，一边寻找，可根本听不到一点儿回应。它哪里知道，小猫咪们早已被黑人打死了。

于是，吉蒂便把叼来的老鼠喂给小兔子吃，可让它大惑不解的是，小兔子对这种美味根本就不感兴趣。所以，它只好像以前一样，躺下来给小兔子喂奶。此时，它似乎还有点儿不死心，依旧呼喊着孩子们。

吉蒂的呼喊声被宠物店的那个黑人听到了。听到叫声后，那个黑人便小心翼翼地来到了盒子附近。

他往里一看，一下子惊呆了，简直不敢相信自己的眼睛！一只母猫居然在给一只小兔子喂奶呢，旁边还放着一只死老鼠。这实在是太不可思议了！当吉蒂发现有人走过来时，两只耳朵马上竖了起来，嘴里不时发出低沉的"呜呜"声，它是在警告黑人：不要过来，否则就对你不客气了！

于是，黑人便找来一块木板，盖在盒子上面，将吉蒂和小兔子关在了里面。之后，他就把这个盒子抱回了宠物店。

黑人立刻把这件离奇的事告诉了宠物店老板，还把盒子拿给老板看："您看，这只小兔子不正是我们打算烤着吃的那只兔子吗？"老板名叫马力，听黑人这么一说，又亲眼所见，于是灵机一动，计上心来。"猫给兔子喂奶"简直就是一个天大的新闻，它们一定会成为最受欢迎的马戏演员。于是，他便把吉蒂和小兔子放进了金丝雀的笼子里，挂在外面展览，而且还在笼子上贴了一句广告语："幸福的一家人。"

附近的居民听说此事后，都起了好奇心，都想目睹一下这"幸福的一家人"。于是，人们纷纷涌入了宠物店，宠物店一下子变得生意兴隆起来。可这种热闹的景象仅仅维持了两三天，因为那只不争气的小兔子很快死了。在这些天，吉蒂受到了优待，吃喝不愁，不用每晚都辛苦地四处奔波、寻找食物了。可它却并不快乐，它只想出去，过自由自在的生活，否则，生不如死。

吉蒂在宠物店里已经待了好几天了，整天无所事事，于是便不停地用舌头舔舐它那早已被舔得很干净的身子。

马力见它长得很漂亮，便决定继续养着它。

5. 王族血统

马力是一个身材矮小的伦敦人，一直以来，他在附近的名声并不好，因为他总把一些瞎眼、体弱的小鸟卖给别人。之前他还卖一些偷来的猫、狗之类的宠物，甚至还向这些宠物的主人索要礼物。马力虽然身为老板，却没有多少钱，不过他却管黑人吃住，而且还和这个黑人关系比较好，看来，他的心也并不是太坏。

其实，马力养那些金丝雀只是一个幌子，他很有野心，不想一辈子只当个小老板，他希望能出售一些优秀品种的猫，梦想着自己养的猫有一天能在名猫品评会上隆重展出，这样一来，他不仅可以获奖，还能一夜成名。

马力之所以想让他的猫参加名猫品评会，有三个目的。第一，或许可以借此机会获得一大笔奖金；第二，参加展览会可以领到免费的车票，这样就能参加一次免费的旅行；第三，一只猫要是出了名的话，它就有价值了。

梦想归梦想，遗憾的是，直到现在他养的猫都没有机会在名猫品评会上参评。实际上，并不是所有家猫都能参加这种品评会，只有和这个品评会有关系的人推荐的猫才可以参加。很早以前，他曾养过一只猫，还带着参加了品评会。之前，他一直夸自己的猫带有波斯血统，非常优秀，可那猫长得也太难看了，无论他怎么夸，品评会的人都不相信。于是，他这只"名猫"很快就被退回来了，连参评的资格都没有。

马力那次尽管失败了，但他并没有灰心，他时刻都在寻找机会参加品评会。如今，他觉得机会终于来了，看着漂亮的吉蒂，马力不禁自言自语道："这只猫也许能在品评会上得到认可吧！"

自从收留吉蒂后，马力便在它身上花了不少心思。每天都给它好吃好喝，吉蒂身上的毛很快就变得闪亮而有光泽了，看上去十分与众不同。这更增加了马力的信心，他认定吉蒂会是一只不同凡响的猫。于是，他便对黑人说："萨姆，看来用不了多久，我就能变成有钱人了！"

他从报纸上剪下了一篇文章，上面写道："动物摄入大量富含油脂的食物，并经受严寒的洗礼后，就能拥有出色的毛皮。"

马力看过后，立马就照做了。

吉蒂自从被马力看上后，日子就不好过了。此前，马力拿杀虫剂把吉蒂那脏脏的毛皮清洗了一遍，将它身上的寄生虫全都杀死了，之后，他又用肥皂和热水给它洗了一个澡。吉蒂很讨厌洗澡，一边龇牙咧嘴地反抗，一边"嗷嗷嗷"地使劲叫唤，马力才不管这些呢。他将全部的希望都投在吉蒂身上，所以对它十分宽容。

给吉蒂洗完澡后，他又把它带到火炉旁烤干了，然后才把它送到笼子里。吉蒂被火烤得暖暖的，身上也变得干干净净的，不再痒了，所以非常舒服。于是，它便"咕噜"了几声，表示心满意足。见吉蒂这么漂亮，马力和黑人都十分高兴。

这一切还只是准备工作，现在，马力开始了真正的实验。冬天很快就到了，天气开始变冷了。马力把装着吉蒂的笼子拿到了庭院里，还在上面搭了个棚子，用来遮风挡雨，这样做是为了让吉蒂经受严寒的洗礼。此外，马力每天还拿油豆饼和鱼头来喂吉蒂，让它使劲吃个够。

结果，不到一个星期，吉蒂就长胖了，毛皮变得越发闪亮了。每天，吉蒂除了使劲吃和修整皮毛外，根本无事可做。渐渐地，它的皮毛开始出现耀眼的光泽，一眼看上去就很出类拔萃。和从前相比，是大不一样了。现在，吉蒂所住的笼子时时刻刻都被洗刷得干干净净的。由于饱受严寒的洗礼，加上体内油脂充足，吉蒂的毛变得越发的光亮、越发的浓密了。到了深冬，它已经变成一只非常美丽的虎斑猫了。

实验大功告成，马力自然是喜不自胜，甚至都有点儿忘乎所以了。他有时都把自己想象成一位赫赫有名的大人物了。他充满自信地对黑人说："看来，把吉蒂送到品评会的时机成熟了。你认为呢？"

黑人赶紧接过话茬："对！您说得实在是太对了！"

品评会很快就要在镇上举办了。马力辛辛苦苦地把吉蒂养这么大，当然无论如何也不会错过这次机会。他决定要带吉蒂去参加。这回，他打算制订一个周密的计划，决不能重蹈去年的覆辙，说到底，这次是只许成功，不许失败。

他端详着吉蒂对黑人说："对了，萨姆！我们可不能就这样把吉蒂送到品评会上，我们得好好策划一下。

决不能让别人知道吉蒂是一只野猫，否则肯定会失去参会资格。我们现在就给它取个名字，给它造一个好出身，这样才能迎合品评会评委的口味。"

说完，马力便开始动起脑筋来，他自言自语道："就叫'罗伊亚纳'吧，'福吉·罗伊亚纳'，听起来真像一位国王的名字。哎呀，不行，吉蒂是母猫，罗伊亚纳是男性的名字。叫什么好呢？"

想了半天，他也没想出一个满意的名字。于是，他便问萨姆："萨姆！你出生的那个岛叫什么名字？"萨姆回答："您问的是我的出生地吗？它叫阿娜罗斯丹岛。"

马力听了，一脸的兴奋："这名字太棒了，就叫阿娜罗斯丹好了，路易·阿娜罗斯丹！我们就说吉蒂具有路易·阿娜罗斯丹血统，它就以这个身份在品评会上亮相，你觉得怎么样？"

萨姆不住地点头。他们越想越兴奋，不由得得意扬扬地大笑起来。

突然，萨姆好像想起了什么，他说："老板，我们是不是该给它弄个血统证书？"

马力也想起来了，立马说道："噢，对，不过做这种事情并不难。"于是，他便找来很多有名的血统证书，然后，两人便参照这些血统证书，给吉蒂造出了一个很长的、世人所不知的、具有悠久王族历史的假血统证书。

一切都准备停当后，一个阴天的下午，萨姆戴上借来的大礼帽，带着吉蒂和它的王族血统证书去品评会上报名去了。

萨姆以前做过理发师，开过一个理发店，见过很多的上流绅士。

所以，在出门前他还学了一个绅士的动作，他天生就是个演戏的料，只用了五分钟就学会了。换成是马力学的话，恐怕用上几年，他都不一定能学会。

萨姆晃着脑袋，傲慢地朝报名处走去。他故意装出一副有头有脸的样子，对报名处的人说："鄙人受主人之托，来给这只猫报名！"

见萨姆这副派头，报名处的人都认为这猫肯定是个宝贝，一定得向品评会作特别推荐才行，于是，这些人立马毕恭毕敬地接过了吉蒂和它的血统证书，给萨姆颁发了一张入场许可证。事实上，品评会对报名的猫要求非常严格，能够入场实际上就已经很不容易了。第一次参评，假如没有合适的人介绍，一般都不会被受理的，可这次，报名处的人见了萨姆的架势，连问都没问，就让他蒙混过关了。

终于成了品评会的一员，马力得意万分。

6. 名贵非卖品

品评会终于开幕了，马力尽管心里还有点儿没底，但还是去了展厅。这时，他见会场外排满了一辆辆豪华的马车，会场门口，很多戴大礼帽的绅士进进出出，心里不免有点儿紧张。见他躬着腰走进来，管理人员便对他的身份起了疑心，对他很不恭敬，甚至还在入口处跟他索要入场许可证。从马力的神态气质上，管理人员竟错把他当成了出席人的马夫。当他确信马力是来参加展览的，才微微点了下头。

马力混进展厅后，见会场里摆着一排排装猫的笼子，笼子前面还铺着天鹅绒地毯，很多男女在此云集。马力一边沿着这些笼子缓慢地往前走，一边不住地打量笼子里的猫，尤其特别注意那些得奖的猫所佩戴的红红绿绿的彩带。他的衣服上到处都是褶子，形象特别不好，与会场的气氛显得格格不入。他胆怯地向前走着，不时有人皱着眉头看他一眼，似乎在说："这人到底是干什么的？"

现在，马力很想询问一下吉蒂展出的情况，可却一直没敢开口。万一被人发现他是个冒牌货，后果可是不堪设想。没办法，他只好在展厅里慌慌张张地东走西看，不停地向猫笼子里张望，可就是看不见吉蒂的身影。

马力不由得有点儿气馁了，心中暗想："这地方，我真不该来，以后可不能再参加了。看来这次算是白忙活了。不过也不算白来，我都拿到会员证了，以后我就知道在哪里能捉到这些猫了。"

他不停地安慰自己。

正中的展厅里挤着很多人，高级名猫都在那里展出，那里面都是些有身份的人。马力长得实在是太矮了，踮着脚尖都看不见里面的猫。

他很想挤到前面去，可展台前的人实在是太多了，他根本挤不进去，只能听到人们的说话声。

就听一位女士说道："看哪，那只猫多漂亮啊！"

"是啊，真是只漂亮的猫啊！"

"它那身段真是高雅，一看就是花了很长时间训练出来的！"

"噢，你看它那么从容不迫，多高雅啊！"

"要是能拥有那只卓越的猫咪可真是太好了！"

"听说它可是有着王族血统呢！"

一听这话，马力突然觉得自己太可笑了，一只垃圾堆旁生长的野猫竟然被自己拿到这样气派的展览会上充数。

这想法真是太愚蠢了，想到此，马力的脸不由得一阵发烫。

这时，工作人员走过来说道："抱歉，各位太太，请让开一下，我们邀请了体育杂志的画家来给这些猫画像，他会把会场的情形都画出来。对对对，就这样，谢谢您。"

这时，一个站在笼子旁的绅士问道："请问，这只高贵的猫的主人是谁呢？您能帮我引荐一下吗？我想买下这只猫。"

负责人回答道："哎呀，这我可做不了主。据说他是一个很有头脸的人，一般人很难接近，不过我会帮您试试的，先生。他原本不想展出自己的宝物，这是他的管家跟我说的……请您让一下。"

围观的人立刻让开了一条路，这时，一个身材矮小、衣着寒酸的男人正急着要挤到画家和这只血统高贵的猫之间。他正是马力，他只是想探听一下去哪里找这样名贵的猫。他距离那个笼子已经很近了，一眼就看到了里面的猫，以及笼子前面的字：

名猫路易·阿娜罗斯丹，拥有纯正血统，纽约家猫展览会蓝绶带金奖！

出展人：吉普·马力

此猫为非卖品!

看到这些字,马力简直是受宠若惊,激动万分,他体内热血沸腾,险些昏死过去。他还是有点儿不相信自己的眼睛,于是,他转过头,朝猫笼子看去,的确,没错,它就在那儿,四个警察正守卫在它周围,在丝绒垫子上一个金色的笼子里,那只猫的皮毛闪着亮黑色和浅灰色的光泽,浅蓝色的眼睛微微闭着。它正是那只一直生活在垃圾堆旁,后来又被他收养的野猫吉蒂啊!如今的它显得超凡脱俗,大模大样地躺在笼子里,显得异常尊贵。那样子简直就像是一幅油画。

马力在"路易·阿娜罗斯丹"的笼子旁不停地徘徊,听着人们的溢美之词,感觉到了从未有过的光荣和满足。他开心极了。

过了一会儿,马力头脑渐渐冷静下来,现在最好还是不要亲自出面,而是由萨姆出来处理一切比较稳妥,于是便悄悄地离开展厅,回到宠物店里。

那次展览会因出身低贱的吉蒂而获得了空前的成功,吉蒂因此一夜成名,身价一天比一天高,到最后竟

然涨到了一百美元。由于出售时并没有给它标价，所以
那些买主的出价都很高。在得知吉蒂的身价已高达一百
美元时，马力便派萨姆去见展览会的会长，因为他不清
楚到底多少钱卖出才不算吃亏。当听到会长说这个价格
已经很不错时，马力便立刻将吉蒂卖出去了。要知道，
在马力那个年代，一百美元对他来说已经算得上是一笔
巨款了。

7. 重回小巷子

就这样，吉蒂变身路易·阿娜罗斯丹，住进了第五
街的一个高级住宅区，做了一个有钱人家的宠物。然而，
路易·阿娜罗斯丹自从踏出笼子的第一步开始，就十分
散漫随意，一点儿也不给这家人面子。无论谁想和它亲
热，它都会像恶魔般大闹不止。但主人很宽容，很快就
给它找了一个好借口："这是一只高傲的猫，它不依附
于任何人，定然受过良好的教育，真不愧为猫中贵族！"

　　甚至当路易·阿娜罗斯丹去攻击鸟笼里的金丝雀时，家人也体贴地为它找到了合适的理由："这只猫从小生活在东方王室之中，它肯定是见别的猫这样做过，所以才想试试的，真是一只见多识广的猫呀！"

　　路易·阿娜罗斯丹依然是旧习不改，它还是像从前那样打开牛奶瓶偷喝牛奶。见此情形，主人们又为它开脱道："这路易·阿娜罗斯丹可真是太聪明了，竟然能把盖子打开，真是太了不起了！"

　　路易·阿娜罗斯丹还有一些举动显得更没教养，它竟然会跑到垃圾桶里打滚儿！不过，它的主人们还是一如既往地替它开脱："路易·阿娜罗斯丹是个大家闺秀，自然难免有任性的时候，这实在正常不过了。唯有品质高贵的猫才有资格这么做！"

　　对于吉蒂来说，它现在不用再过以前那种挨饿受冻的日子了，主人们都把它当成了宝贝，它每天都可以吃尽美味，唯一要做的只不过是供大家娱乐，接受众人的称赞。但它却从未开心过。它经常回想起自己在垃圾堆旁生活的岁月，思乡之心越来越浓。它经常把脖子上的蓝彩带拽下来，然后闷闷不乐地蹲在窗边向外面看着，向往着外面自由自在的生活。

然而，如今它已是名猫，在如此高尚的环境里生活，又备受家人的珍爱，它的身边总有人看着，谁也不让它去外面玩耍，因此它没地方可去，于是便靠在屋里的垃圾桶里找东西吃来缓解自己的思乡之情。

转眼三个月过去了，一天晚上，吉蒂趁这家人出去倒垃圾时，从门缝里钻了出去，之后便消失不见了。

这家人见吉蒂不见了，立刻掀起了轩然大波，一家人倾巢出动，呼喊着四处寻找，可吉蒂根本不搭理他们，它现在一心只想回到那个熟悉的故乡去。

吉蒂先是跑到公园里小憩，正在这时，从码头上顺着风传来了一股熟悉的气味，它立刻朝码头跑去。猫的方向感很强，无论所处的环境多么陌生，它都会本能地找到故乡的方向，然后朝那里前进。

外面的天气非常冷，吉蒂的肚子有点儿饿了，尽管如此，它还是因为这次能够成功逃脱而欣喜不已。一路上，吉蒂历经各种艰难险阻，它躲过了狗、货车和其他的猫，也不知走了多久，终于回到了码头，那个它熟悉的故乡。它钻过老墙上的小洞，又越过一道墙，偷偷地回到了那个令它念念不忘的小宠物店后院的垃圾堆。直到这时，高贵的路易·阿娜罗斯丹又变成了吉蒂，它又回到那只旧饼干盒子里去了。

休息片刻之后，吉蒂有点儿饿了，便打算出去觅食。于是，按照老习惯，它悄悄地走到了通往地下室宠物店的楼梯旁，这里经常会有一些吃的。不料，就在这时，它被萨姆给发现了，他赶紧朝地下室喊道："老板，老板，快来看哪，路易·阿娜罗斯丹！它又跑回来了！"

听到喊声，马力赶紧跑出来，刚好看到吉蒂正在越墙逃跑。

于是，他们便开始模仿猫的叫声，语气温柔地呼喊道："吉蒂！快过来，快过来呀！"

对他们的虚情假意，吉蒂毫不留情，它很快又跑到了自己熟悉的地方，然后就消失了。

对于萨姆和马力来说，吉蒂再次出现算得上是天上掉馅饼的大好事，现在的吉蒂可是他们的摇钱树啊！之

前，他们曾用卖掉吉蒂的钱重新装修了宠物店，还买了
几只名贵的鸟，使这个小店上了些档次。

马力赶紧命令萨姆："无论如何，也得把这棵摇钱
树给弄回来！"

于是，狡猾的萨姆就在吉蒂的那个旧饼干盒里放了
一个捕鼠夹，并在夹子上放了一个大鱼头，然后便躲到
一旁，耐心地等待起来。

吉蒂呢，它跑出去整整一天，却一无所获，现在早
就饿坏了。一回到窝里，它就闻到了鱼腥味儿，这味道
太有诱惑力了。

于是，它不假思索就低下头来，朝鱼头凑了过去。
突然，就听"啪"的一声，捕鼠夹突然合上了，吉蒂
被牢牢地夹住了。见吉蒂中了圈套，萨姆立刻拉了一
下绳子，把盒子的盖子盖住了。就这样，吉蒂又被马
力捉住了。

再次抓到吉蒂后，马力每天都会关注报纸上的"寻
人及宠物"广告。很快，他就看到了一则寻猫启事，
上面说，名猫路易·阿娜罗斯丹丢失了，如有谁收养

并将其送回，就奖励对方二十五美元。马力高兴地叫了起来。

于是，马力又派萨姆扮成仆人的模样，抱着装有吉蒂的盒子去了那户有钱人家里。萨姆一副傲慢的样子，对那家人说道："马力先生让我代为转达他的意思，他说他很高兴帮你们找回了这只猫。它竟然又跑回了马力先生家，于是先生就立刻让我把它送还府上。先生还说，奖金就不用给了。"

尽管如此，这家有钱人还是给了赏钱，比二十五美元还要多。这只名贵的猫能够失而复得，他们一家人都高兴极了。

8. 别墅垃圾场

就这样，吉蒂又被送回了这户有钱人家里。吃一堑长一智，这以后，吉蒂被这家人看管得更严了，根本无法走出家门一步。

　　家人还是跟过去一样，每天都喂给吉蒂很多美味。可吉蒂的心情却越来越糟糕了，它根本就不喜欢这种被人当宠物养的生活。于是，它的行为变得更加粗暴起来，脾气变得越来越暴躁了。

　　一转眼，纽约的春天到来了，到处都是春意盎然的景象。这户人家打算到乡下的别墅住一阵子，于是，他们带好行李，关好门窗，准备出发。吉蒂也被他们装进篮子里，一起到了八十千米外的别墅。

　　家里人心想："也许换个环境，它的心情就会好转，就能忘掉以前的主人，听我们的话了。"于是，装吉蒂的篮子就被送上了火车，吉蒂还是第一次坐火车呢。火车上非常吵闹，各种声音和气味交织在一起，令吉蒂非常讨厌。它当然不清楚到底是怎么回事。但这种吵闹声和讨厌的气味持续了很久，吉蒂简直无法忍受，只想马上逃跑。

　　他们好不容易下车了。

　　到达别墅之后，这家人便将装着吉蒂的篮子轻轻地举了起来。周围一片寂静，明媚的阳光穿过篮子的缝隙照了进去。别墅里的用人都对吉蒂十分友好，他们绞尽脑汁讨好这只名猫。然而，他们都是白费劲儿，吉蒂不仅毫不领情，对他们反倒更厌烦了。

在所有人中，吉蒂只对一个人例外，这便是厨房里的那个胖厨娘。吉蒂是在无意间认识她的，由于她身上带有家乡巷子里的气味，它感到十分亲切，于是更加思念以前的生活了。

家里人纷纷议论："路易·阿娜罗斯丹是不是不喜欢这个别墅呢？"

厨娘听了，便说道："我们给它涂一点儿油就可以了，猫只要舔自己的毛，就有办法让它老老实实地待在家里。"于是，她一把将吉蒂抓到大围裙里，到锅里蘸了点儿油，涂在了它的脚底上。

胖女人的粗鲁行为让吉蒂十分恼火，可当它弯腰舔爪子时，心情立刻就好了很多，它十分喜欢那种油的味道。接下来足足一个小时，它都在舔自己的爪子。见此情形，胖女人信心满满地说道："这下好了，它肯定会好好待在家里的。"

　　胖女人说的很对，吉蒂确实安心地待了下来。但它总喜欢从胖女人身边慢慢悠悠地走过，然后跑到厨房和垃圾箱那边去。对于一只高贵的猫来说，拣垃圾真是太没面子了，但没办法，它就喜欢这样。虽然路易·阿娜罗斯丹的怪癖让全家人都难以忍受，但看到它比以前温顺了许多，他们也就不那么计较了。

　　一两个星期后，路易·阿娜罗斯丹获得了更多的自由。不过这家人还是担心它会逃跑，于是便让人看着它，当然，这样做也是为了让它免受任何威胁。周围的狗都被教导得对它十分客气，甚至连附近的小孩子都知道它是一只血统高贵的猫，也就没人敢朝它扔石子了。

　　吉蒂的食物一应俱全，它想吃什么就吃什么，而且，这家人还给它准备了一个温暖的被窝，这可是以前从未有过的。说到牛奶，只要它想喝，就可以趴到盛着牛奶的盘子边儿上喝个够，这可比以前要好上几百倍。尽管有这么多的美食供它享受，它还是不快乐。

　　食物多又能怎么样呢？它喜欢在自己饿的时候，出去偷偷摸摸地觅食，那样吃起来才更有味道。它也不喜欢那些给它洗得干干净净的睡垫，它就喜欢睡在厨房的柜子底下，将身子磨来磨去，留下自己的气味，这样睡觉它才安心。

别墅的后面有一个大型的垃圾场，邻居家旁边也有一个。然而，不管是哪个垃圾场，都散发着一股玫瑰香味，就连马和狗身上的气味都闻起来不对劲，一股肥皂水的味道，这让吉蒂非常反感。不仅如此，这里所有的一切，它都不喜欢。整个乡村就像一片讨厌的沙漠，里面充满着毫无生气的、令人作呕的花园和干草场地，那些它所熟悉的一切，堆满垃圾的巷子、甬道、烟囱、码头，还有腐烂的鱼头和随处可见的垃圾箱，这里统统都没有。在吉蒂看来，这里简直讨厌到了极点。如果它刚来的那天就能逃跑的话，它要做的第一件事儿就是从公路上逃跑。

一天早上，吉蒂刚一醒来便感觉无聊透顶。这天，别墅里寄来了一个大包裹。吉蒂跑过去闻了闻，发现这个包裹里居然散发着一种它熟悉的船坞和贫民窟的气味。这种气味立刻唤醒了它那遥远的记忆，就像有一种力量在召唤它一样，它的思乡之情更浓了。

第二天，别墅里发生了几件大事。吉蒂喜欢的那个胖女人突然走了。她之所以离开的原因正是吉蒂所喜欢的那个从码头寄来的包裹。此外，还发生了一件事。这家的小男孩十分调皮，他可不在乎吉蒂是什么名猫。这天夜里，为了逗吉蒂玩，他竟然突发奇想，在它的尾巴上拴了一个空罐子。吉蒂被惹火了，于是，它立即伸出两只鱼钩似的爪子朝小男孩扑去，在他手上狠狠地抓了一把。

小男孩大哭起来，惊动了女主人。于是，女主人抄起身边的一本书就朝吉蒂猛地扔了过去，吉蒂差点儿被打中，它赶紧往旁边轻轻一闪，迅速地向楼上跑去。

吉蒂在顶楼的房间里一直躲到太阳落山。直到天黑了，它才悄悄地走下楼来，然后挨个门窗仔细地察看，看能不能从纱窗里钻出去。很快，它就发现，有一扇门没有锁上，于是它立刻就跑了出去。在这个没有月亮的晚上，它再次逃脱了，离开了那个散发着玫瑰香气的别墅。

9. 危险旅程

现在已经是八月了，夜晚已经渐渐变长。对于人来说，根本看不清前面的路，但对于猫来说，哪怕是深夜，也能看得一清二楚。

吉蒂一跳到院子外面，就飞快地逃跑了。这里的一切它毫不喜欢，也不会留恋，它只想回到自己家里去。在它心目中，家乡巷子里那个破破烂烂的垃圾堆才是它永远的家。去那个别墅时，吉蒂是被装到笼子里坐着火车去的，别墅离它的家还非常远，所以吉蒂根本不认识回家的路。但是，它却有一种与生俱来的本能，这种本能就像向导一样，可以引领着吉蒂沿着正确的方向行走。此时，吉蒂就在沿着一条路往前走，它确信，只要它这么一直走下去，就一定能走回家。

接着，它跑了起来，一个多小时后，它来到了一条大河边，那股熟悉的气味随即扑面而来。因为前面有河挡道，吉蒂不能继续直走了。那条河是由南向北流的，这时，吉蒂的脑子里似乎有个声音在对它说："往南走！"于是，它便按着这个声音的指引向南走去。大河的旁边有一条铁路，铁路的拐弯处有一道栅栏，在铁路和这道栅栏之间正好有一条小窄路，吉蒂现在就沿着这条小路一路小跑着。它就这样不停地跑着，后来，它感觉有些累了，打算停下来休息，可就在这时，栅栏对面突然传来了一阵狗叫声。吉蒂害怕极了，赶紧躲进了栅栏里。

狗追了过来，却钻不进栅栏里。吉蒂见狗奈何不了它，这才安下心来，尽管如此，它还是害怕狗的吼叫声，于是便绕过栅栏继续向前跑。

没过多久，又传来一阵更猛烈的吼叫声，那声音离它越来越近，吉蒂扭头一看，原来那并不是狗，而是一只比狗大了很多的黑家伙。

这个又大又黑的家伙正瞪着一双喷火的眼睛向它追过来，嘴里吐着白气，还时不时地发出打雷一般的吼叫声。吉蒂吓得魂飞魄散，它用尽了全力，以前所未有的速度向前狂奔。可一切都是徒劳，那个大黑家伙马上就撵了上来，很快就超过了它，之后便消失在夜色之中，声音也渐行渐远了。而吉蒂则把身子紧贴在栅栏上，虽然那个黑家伙已经不会再伤害它了，但它还是在原地蹲着，直喘着粗气。

在天没亮之前，它又见到了几个跟刚才那个大黑家伙一样的怪物，不过，它觉得这些怪物很粗笨，一点儿也不灵活，只要它静静地躲在一旁，怪物就发现不了。其实，吉蒂眼中的这个怪物就是火车。偶尔也会有火车向它迎面开来，但吉蒂已经不怎么害怕了。

第二天早上，太阳刚刚升起时，吉蒂正好经过一个小小的贫民窟，它非常幸运，居然在一个灰堆上找到了一些未经消毒的食物。

这里虽然不过是它的途经之地，但那熟悉的气味却让吉蒂非常依恋。于是，它就在马棚附近待了一天。在此期间，它遇到了两只狗和几个淘气的男孩，并被他们夹在中间，险些丧了命。这里虽然和它的家很像，但它还是不想留下来。

到了晚上，吉蒂又被回家的急切心情所驱使，再次踏上了归途。它没想到，这个地方夜里也有很多轰鸣而来的怪物，不过它现在已经不害怕了，它只管走自己的路，与那些怪物互不相干。

好几次，吉蒂都被岔路口给误导了，不过，它很快就纠正了错误，走上了正确的方向。就这样，吉蒂每天都不停地向南走着。天一亮，它不管走到哪里，都会停下来，钻进别人家的仓房里休息，以避免遭到狗和小孩的攻击，到了晚上再继续往回走。

吉蒂就这样一连走了一个星期。不久，它便来到了一条大河边，现在，它必须通过这条河，才能继续往南走，没有别的路可绕。虽然河上有一座桥，但那是火车的专用桥。桥上总有怪物轰鸣着来回穿梭，虽然吉蒂已经不再害怕了，但当那些怪物从它身边呼啸而过时，它还是会赶紧地躲开。如果吉蒂真的上了那个桥，当那些怪物跑过来时，它肯定无处可躲。

可现在吉蒂的思乡之情太迫切了，什么也顾不得了。于是，当吉蒂发现桥上还没有怪物的影子时，便飞快地跑到了桥上。可它刚跑了一半，一个怪物就怒吼着从身后冲过来了。吉蒂没命地飞奔，希望能在怪物追上之前，跑到桥的另一端去。可令它没想到的是，它正在躲避后面的怪物，前面又出现了一个怪物，吉蒂吓得浑身发抖，现在它已经无处可躲，无路可逃了。于是，它索性纵身一跃跳进了河里。

现在正值八月，河水还不算太凉，吉蒂浮上水面，一边拼命地游着，一边不停地喘气咳嗽，一边还要察看一下四周，看刚才那个怪物是不是从后面追上来了。还好，那个怪物并没有追来，吉蒂这才放心地朝岸边游去。

在此之前，吉蒂从来没有游过泳，没想到今天第一次游竟然游得这么好。其实这也是出于求生的本能，因为它掉进了水里，如果不赶紧游到岸上，就会被水淹死，所以它才拼命地划水。即使面对这样的危险，它还没忘记朝着河的南岸，也就是故乡的方向游去。很快，它就游到了河对岸。它浑身湿漉漉地爬到了岸上，岸上都是泥，接着，它又从一堆煤炭和土堆上经过。到了现在，吉蒂浑身上下已经看不出一点儿贵族样了，身上要多黑有多黑，要多脏有多脏。尽管如此狼狈，可它的心情却非常舒畅，就像在炎热的夏夜里洗了一个凉水澡一样，清爽极了。

不管怎样，吉蒂总算躲过了那些把自己夹在中间的怪物。如果吉蒂会像人那样吹口哨的话，此时此刻，它肯定会快乐地吹上一曲的。

整整三天时间，吉蒂都是在船坞上度过的，在这里，它见识了形形色色的危险和错综复杂的情况。一次，它爬上了一艘船，没想到却被那艘船带到了另一个港口，当它意识到方向不对时，又搭上另一艘船，回到了刚开始的那个港口。

很快它就确定了回家的方向，当它找对方向后，行进速度也就更快了。现在，不管再遇到多么可怕的狗，它都不怕了，只要看上一眼，它就知道该如何应对。

此时，它正朝着故乡的方向快乐地奔跑，心中的幸福感也在渐渐增强。这时，它开始幻想起来，只要再过一会儿，它就可以蜷缩在故乡的那个老院子里，待在那个有一个旧饼干盒子的垃圾堆旁了。那里是它的出生地。也许那个盒子已经被黑人拿走了，这并不要紧，它可以再找一个类似的盒子。它就这样一边想着，一边走着，不知不觉间，故乡已经在前方向它招手了。经过一番艰难的长途跋涉之后，那只曾经高贵的名猫路易·阿娜罗斯丹现在又变回了原来那个瘦瘦的、脏脏的野猫了，现在，它马上就要回到故乡那个自由的领地了。

再转过一个拐角，目的地就要到了，吉蒂已经看到远处的建筑物了。想起那片让它魂牵梦萦的沃土，吉蒂的心就激动地跳个不停，看样子，它现在完全能体会什么叫"近乡情怯"了。

10. 唯一的朋友

可是，它的故乡怎么变样了！记忆中的那个老院子现在已经没有了！是自己记错地方了吗？不可能呀！原来的院子、垃圾堆全都不见了，眼前只有一大片荒野，地上随处都是零零散散的石头、木材和小土堆。吉蒂简直无法相信自己的眼睛，它实在想不通，于是便在那里走来走去，仔细地辨认着周围的情形和道路的颜色。这肯定是它的出生地，没错！宠物店原本在那儿，垃圾堆应该是在这儿的……到底发生什么了，为什么所有东西都不见了呢？最让吉蒂惊讶的是，就连它最熟悉的那条巷子里的气味也消失了。

吉蒂历尽了千辛万苦，遭遇了无数的艰险，好几次甚至差点儿丧命，这才跑回来，可到头来，它的故乡竟然变得面目全非，吉蒂真是伤透心了。它在寂静的空地上孤独地徘徊着，找不到一丝的安慰，也找不到一丁点儿食物。

其实，人们是为了在河上建桥，这才把周围的旧建筑都进行了拆迁改造。可吉蒂怎么会明白呢？太阳渐渐升了起来，吉蒂走到了一个临近的地段，想找一个藏身之所。这时，它发现以前的一座大楼还立在那儿，似乎没什么变化，于是它就躲了进去。之前，这里聚集着一大批乱哄哄、无家可归的野猫。

吉蒂已经无家可归了，此时，它突然想到了那户有钱人家，实在无处可去，那儿也不失为一条退路。它以前曾从那户人家里逃出来，跑回小宠物店的后院，现在它还记得那条路线。可是，当吉蒂来到那户人家时，却发现他家的大门紧锁着，根本进不去。因为这家人现在还在别墅度假呢。

吉蒂不明白人类的这些事情，见门没开，它就一直在那户人家周围徘徊，整整徘徊了一天。第二天，吉蒂见实在没地方可去了，便又回到了那条巷子里。转眼间，九月要过去了，秋天即将到来了。在此期间，巷子里的很多野猫都死掉了，它们有的是饿死的，有的是由于体弱多病或遭到人的袭击而死的。因为年轻，身体很健壮，吉蒂幸运地活了下来。

白天，在吉蒂老家附近，总有很多工人在那里工作。有一天晚上，吉蒂又偷偷跑了回去，却发现那里已经跟以前不一样了。到了十月，那里已建成了一栋高楼。

一天早晨，吉蒂见一个身穿蓝衣服的黑人从大楼里走了出来，把一个装满垃圾的水桶放到外面就转身离开了。

此时，吉蒂的肚子早已饿瘪了，于是它便直奔垃圾桶而去，过去一看，那根本就不是什么垃圾桶，而是装抹布的水桶。吉蒂失望极了，没有东西吃，它只能饿肚子了。不过，它突然在水桶的把手上闻到了一种非常熟悉的气味，这是它记忆中的一种气味。于是，它开始拼命地嗅。这时，那个黑人又回来了。这人是管电梯的。吉蒂一见他出来，便立刻转身向后跑去。

那黑人盯着吉蒂看了半天，随后便惊讶地叫道："嗨，吉蒂，真的是你吗？噢不，应该叫你路易·阿娜罗斯丹。你怎么回来了？对了，你一定是饿极了吧？快过来，到我这里来，过来呀！"

吉蒂已经有好几个月没好好地吃过东西了，现在它确实是饿极了。黑人立刻返回大楼里，从饭盒里拿出所有肉来，之后又返回大门口，把肉放在那儿，接着便回楼里去了。吉蒂一直偷偷地看着这一切，等黑人走开后，它便小心翼翼地向大门口凑去。在吉蒂眼里，那个黑人虽然是敌人，但他提供的肉却充满了诱惑力。吉蒂已经饥肠辘辘，实在顾不了那么多了，它飞快地跳到大门旁边，迅速地将肉吞下，立刻就转身逃开了。从此以后，每当饥饿难耐时，吉蒂就会跑到那个黑人的楼下，而那个黑人只要一看到吉蒂，就会拿出香喷喷的肉来给它吃。渐渐地，吉蒂便对他产生了好感，不再那么讨厌他了。

那个黑人究竟是谁？他怎么会知道吉蒂的名字呢？不说大家也明白，他就是宠物店的那个萨姆。以前，吉蒂不了解萨姆，一直把他当坏人看待。但事实证明，萨姆似乎也没有想象的那么坏。现在，他竟成了吉蒂唯一的朋友。

11. 永远的家

一连七天，吉蒂都会跑到大楼那里去，每天都能从萨姆那里得到些肉吃。最后那天，肉上边竟然还放着一只胖乎乎的死老鼠，吉蒂可从来没有捉到过这么大的老鼠，于是，它立刻把这只大老鼠叼走了，它想把这只老鼠藏起来，等肚子饿的时候再吃。

吉蒂正打算穿过新楼前面的街道时，一只狗过来了，吉蒂见了，便急忙退回到大楼门口。恰好这时，一位衣着考究的男人从大楼里走了出来，萨姆刚帮他打开了门，他们就看到了吉蒂嘴里叼着老鼠站在那儿。

衣着讲究的男人对萨姆说："嘿！看那只猫，它竟然捉到了那么大一只老鼠！"

萨姆立马回道："是呀！它可是我们以前养的猫呢！它捉老鼠很厉害的，因为有它在，附近的老鼠都少了很多，环境都变得干净多了。你看，它都累瘦了！"

那位绅士听后，怜悯地说道："是吗？那，就别让它老这么饿着了，难道你连一只猫都养不活吗？"

萨姆道："嗯……办法倒是有。肉店卖肝脏的手推车经常到附近转悠，每星期只要给他二十五美分，这只猫就能吃到肉。"其实，只要十美分就可以了，萨姆不过是想私吞那十五美分。

绅士道："是吗……那好，我来付肉钱。"于是，吉蒂从此以后也能从卖肉的手推车那里领到肉了。

矮个子男人推着手推车来了，他一边推一边喊着："卖肉喽——卖肉喽——"听到他的声音，很多猫都从四面八方钻了出来，直奔这辆肉车而来。和以前一样，车里装了很多动物的肝脏。

那些白的、黑的、黄的、灰的……各种颜色的猫便兴奋地凑向肉车，这个男人可以分清每一只猫，哪只猫该给多少肉，他都记在脑子里。主人交钱少的猫，就给得少；交钱多的，就给得多。他摇晃着脑袋忙活着，给交了钱的每一只猫分肉吃。

接着，他继续推着车往前走，很快就来到了新楼的拐角，这里是大楼的停车场，他把车子停下来，然后拿起木棍驱赶那些跟上来的猫。

其实，他不过是叫那些猫给一只灰猫让路。那只灰猫的鼻子、尾巴尖和两只耳朵全是雪白色——它就是吉蒂！吉蒂领到了一大块肉，那肉可比其他猫的肉大很多。因为萨姆从二十五美分的肉钱里拿出了一部分给了卖肉的男人，而他则得到了比一般人家更多的肉钱。

现在，吉蒂每天都能领到一大块肉，一领到肉，它就会叼着这块肉，飞快地跑到大楼的一个角落里，慢慢地享用一番。现在，它已经正式被养在了大楼里。这是它以前做梦都不会想到的，它的运气比以前可好多了。

吉蒂在少不更事时，经历过很多的坎坷，被抓过、被卖过，甚至被送到远方……历尽磨难之后，它终于如愿以偿了。

还有一件值得庆幸的事，就是在此期间，吉蒂终于抓到麻雀了！吉蒂从小就想抓一只麻雀，可却没有一次成功过。现在它总算成功了，而且竟然一次就抓到了两只。正所谓"鹬蚌相争，渔翁得利"。当时，那两只麻雀正在打斗，它们扭打在一起，不小心滚到了旁边的水沟里，等在一旁的吉蒂便立马就扑了上去，于是，两只麻雀就都被它抓住了。

有意思的是，自从萨姆给它付肉钱那天开始，吉蒂就不捉老鼠了，而萨姆却代替它充当了捉老鼠的角色，因为他必须时不时地向主人散布一些吉蒂一直在捉老鼠的消息。萨姆这样做有他自己的打算，他想，如果主人知道吉蒂不捉老鼠的话，肯定就不会给它付肉钱了，而自己也就不能拿到那十五美分的回扣了。

吉蒂的日子一天比一天好过，这却苦了萨姆。他一捉到老鼠，就马上把老鼠丢到大厅门口，一见老板回来，他立马就会跑过去，假装一面收拾老鼠的尸体，一面夸奖吉蒂："哎呀！老板您看，这就是那只猫捉到的老鼠，它可是有着路易·阿娜罗斯丹血统的名猫，它最会捉老鼠了……"

老板听后，不住地点头赞许，萨姆就知道自己又可以从中"渔利"了。

后来，吉蒂又生了几窝小猫，萨姆认为它们的父亲就是那只大黄猫，他猜对了。此后，萨姆又把吉蒂倒手卖了好几次，因为他十分清楚，过不了几天，吉蒂就会跑回来。他从这只猫身上赚了很大一笔钱。为了让吉蒂顺从他，他每天都给它肉吃，然后再转手卖出去。

不久，吉蒂还学会了乘坐电梯，并且适应了电梯的上上下下，而且竟然还学会了按电钮！只要那个矮个子男人一来送肉，它无论坐在电梯的哪一层，都会想办法找到那个让它下楼的按钮，然后顺利地从卖肉男人那里领到属于它的那份肉。

现在的吉蒂看上去油光可鉴、美丽动人、漂亮极了，在那四百多只猫里，显得光彩夺目。它已经成了那四百多只猫中当之无愧的女王。

虽然路易·阿娜罗斯丹这个假名字和假证书已被很多人接受，而且在那次的名猫品评会上它还获得了最高奖，但吉蒂还是喜欢在黄昏时分，偷偷地溜出大厦，重访那个它曾经生活和成长过的地方，那个它一直深爱的地方。

不管岁月如何地流逝，世事如何地变迁，吉蒂一直保持着以前固有的生活方式，那些肮脏的巷子、那种带着平民特色的气息，永远是它心中的最爱。它在骨子里早已认定了这样的生活，永远都不会改变。

追踪狐狸

1. 雪地上的黑蛇

　　故事发生在曼尼托巴。一场大雪之后，我正打算进行一次长时间的跟踪解读行程。

　　就在前一天，我发现了一只狐狸在雪地上留下的足迹，一直跟踪了三四千米，可收获却并不大。我所了解的信息如下：这只狐狸一直在上风处行走，边走还边嗅着雪地上的木头、凸起物和树干；它曾以最快的速度追赶过一只白色野兔，可是当野兔钻入了一片矮小的灌木丛后，狐狸就被它轻松地甩掉了。

今天上午，我又开始跟踪另外一溜狐狸的足迹。

前两天，刚下了一场大的暴风雪，雪花挺干燥的，呈粉状，这非常不利于跟踪。因为每当狐狸的脚抬起来时，它脚底带起来的白色粉末就会落回到脚印上。这样一来，脚印的痕迹就只剩一个凹陷的外轮廓，趾头和脚掌的痕迹都变得模糊不清了。

尽管如此，我仍然可以确定：这是一只狐狸的足迹。因为北美草原狼的脚印比这些脚印要大很多。在那个区域，还有两种让我产生怀疑的动物：一种是非常大的家猫，还有一种则是非常小的家犬。

狐狸拥有跟猫一样柔软的脚掌，但却比猫的脚掌要伸展得更开一些。

狐狸的步态与猫非常相似，足迹也非常狭窄。也就是说，狐狸在行走的时候，跟猫很像，几乎也是呈一条直线的。这样的足迹通常意味着这种动物非常敏捷。相反，宽大展开的足迹最常见于獾，这意味着它有一个宽广的肺部，当然，也暗示着它行动起来非常的迟钝。

因为这里离人们的聚居处还很远，所以猫的可能性完全可以排除。除此以外，我还在一两个地方发现了两道长长的线，是动物的爪子轻轻划过雪面留下的痕迹，这更加说明不可能是猫了。这些脚印排成了一条直线，脚印之间的距离有三十五厘米长，很少有猫咪能一步迈出超过二十五厘米长的距离。

你可以说这是一只狗的脚印，但你绝不能说它是一只猫咪留下来的。

随后，我很快就把狗排除了出去。首先，这些脚印几乎呈一道直线，而狗的胸部太宽了，不可能走出一条直线来。其次，雪地上也没有发现脚趾拖拉过的痕迹，这也不符合狗走路的特征。

有一个特征让我排除了所有怀疑，认定这脚印非狐狸莫属，那就是只有狐狸才拥有的独特的尾巴痕迹。狐狸总是藏不好自己那条粗大的尾巴，有时，它的尾巴会持续扫过雪堆，有时，五十步都不会留下一点儿痕迹。

那条粗大而轻柔、下垂而微浅的尾巴痕迹暴露了它自己。

　　这一系列的特点让我确定：这肯定是一只狐狸的足迹。

　　它要去哪里呢？想要干什么？这个问题目前还很难回答。于是我们继续追踪。

　　一会儿，狐狸的脚印就消失了。很快，我又看到了几个模糊的爪子记号。在一棵粗大的树下，一块积雪非常少的地方，我发现了清楚的脚印。在经过冰块儿时，常常能在冰块儿上看到模糊的爪痕，轻吹一口气，把爪印周围粉末状的雪吹掉，就能看到爪子挤压而形成的痕迹。

　　到目前为止，我追踪这只狐狸已经走了一两千米了，但我想要的答案还是没有找到。我想，看来应该从狐狸的嗅觉方面进行考察。

　　我一路追踪着，来到了一个狭长的陡峭山谷，狐狸就是从这里下去，走到山谷里去的。在接近山谷的底部时，我找到了狐狸留下来的明显的嗅觉情报——它绕到了山谷的右边，而且慢慢地走到了上风处，行走路线呈

Z字形。这条路线上脚印间的距离不长，从四五英尺缩短到零，之后停在了一个洞口。狐狸从这个洞里拽出一条蛇来，这种蛇很常见，是那种没有什么危害的袜带蛇。可以看出，这条可怜的蛇正蜷缩在洞里冬眠呢，因此毫无防备，狐狸便用它那强而有力的犬齿咬断了蛇的脊柱。令人不可思议的是，狐狸一口都没有吃这条蛇，而是把它丢在空旷的雪地上，继续踏上了自己的旅程。

狐狸不想吃这条蛇，为什么还要杀死它呢？实在是让人无法理解。

以前，我认为只有人类才有这种野蛮的恶习，没想到这只狐狸竟然也会犯下相同的罪恶。在它足迹出现过的地方，现在还躺着那条死掉的蛇。

后面的脚印星罗棋布，尽管如此，还是可以看出，这只狐狸在这一段做了无数次的驻足以及迂回转弯。后来，我来到了一片很大的沼泽。毫无疑问，这片沼泽平时一定会有很多肥硕的老鼠。可是现在，冰雪覆盖了整片沼泽，让狐狸的猎捕行动徒劳无功。

再往前走一点儿，视野一下子开阔起来。前方不远处有片树林。进入树林后，就见那片广阔的沼泽向外扩展出一片浅滩，上面覆盖着积雪。

2. 鸡与死蛇

曼尼托巴的冬天既不明媚，也不温柔。冰霜和大雪很早就会降临此地，而且频繁出现，一直要持续到春天。同时，曼尼托巴的冬天气温多变，可能好几个星期都保持在零摄氏度以上，也可能会突然一下子就降到零下三四十摄氏度。偶尔，可怕的暴风雪会席卷而来。

暴风雪非常恐怖，对那些长期暴露在草原上的野生动物来说更是如此。当暴风雪袭来时，就连最巨大、最健壮的动物都会赶紧寻找庇护所。因为它们心里非常清楚，如果选择跟暴风雪对抗，结局就是死亡。

牧场里的鸡和松鸡在很久以前就学会了如何躲避暴风雪。它们能找到的庇护所就是雪屋，这一点跟因纽特人一样。

　　当夜晚来临时，恐怖的暴风雪席卷而来，松鸡们绝不会选择在一个开阔平原的雪堆上过夜，因为它们不想被狂风暴雪吹打。它们会跑到树林边，高大的树木、四处分散的树枝能够承受一部分风雪，因此，这里的雪不会大量堆积。这些松鸡便会深深地潜到这里的雪堆里，作为容身之处。

　　暴风雪过后，所有的踪迹都被覆盖了，雪堆得和洞穴一般高，松鸡们会一直舒舒服服地藏在里面，直到天明暴风雪停止才出来。不过，这里有时也会变得极端危险。假如有一些猎食者恰巧在夜间经过这里，闻到了它们的气味，就会找到它们，将它们从温暖舒适的雪屋里抓出来。

　　无疑，我正在追踪的狐狸对松鸡的避难所非常了解。因此，这个狡猾而残忍的家伙便乘着暴风雪来到了这个树林的边缘。它那缩短的脚步意味着，它一定发现了什么。

　　后来，狐狸果然停住了脚步。风里传来信息提示它，猎物就在附近，于是，它踮起了脚尖，停了下来。我之所以这么猜测，是因为我发现了它动作的记录，在它曾经停留的地方，那个小小的印迹并不是完整的脚印，而是脚掌尖端印下来的。从这个脚印可以看出，狐狸踮起了脚尖，尽力寻找空气中的气味。

从随后的两个地点可以看出，狐狸此处的步幅缩短，频繁地在这附近转悠，不时停住脚步。这表明：当时风还在吹着，并在不断地向它传递消息。这只狐狸当时非常清楚，好东西就在附近，因为狐狸在那里站了老半天，双脚都放到了地上，雪上的痕迹清清楚楚地告诉我这一点。

具有决定意义的时刻到了。狐狸径直向气味发出的地方走去，并尽可能保持谨慎与安静。它非常清楚，如果不小心踏错一步，猎捕行动就会失败。狐狸的两只后脚深深地印在了雪地上。从这个脚印可以看出，在那个关键时刻，狐狸曾朝正前方的雪堆跳过去。而两只曾在雪堆下面熟睡的松鸡很快便从雪堆下逃了出来。它们拼命挥动着翅膀，咕咕叫着，想要逃生。

但其中一只松鸡的动作稍微慢了一些，被跳起来的狐狸给逮住了，它们一起跌进了雪堆里。即使是在食物充足的季节，对狐狸来说，一只松鸡也算得上是一顿大餐了，更何况是在食物短缺的严冬！

现在，我终于明白狐狸之前杀死那条袜带蛇为什么又会丢掉了。因为对狐狸来说，蛇从来都算不上多美味的食物，在这么寒冷的冬天里，吃一条躯体冰冷的蛇显然更不舒服。狐狸应该也是这么想的，因此，它宁可尝试猎捕更好的食物。不过，它还是选择把蛇杀死，因为蛇一死就跑不掉了，就会成为狐狸的备用食物。而其他动物也不可能偷走这条死蛇，因为这东西实在不是什么美味。狐狸打定主意，万一狩猎失败，再回头来把它吃掉。

但是，我们也看到了，它不需要这么做了。它终于用一只美味温热的松鸡喂饱了自己，而那条冰冷的倒胃口的蛇自然就被它丢掉了。

就这样，我只是单纯地追踪一只狐狸留在雪地上的脚印，就得到了关于狐狸生活的一个片段。虽然没有亲眼见到这只狐狸，但是我却知道，当然，你也会知道：这个故事是真实的。

无敌兔子小军马

1. 聪明的兔子

有一只勇敢的兔子，它奔跑起来速度极快，就像是驰骋在战场上的小军马。于是，我们称它为小军马。

小军马生活在离镇子不远的原野上。它非常活泼，镇上的孩子和狗都认识它。小军马也深知镇上每一只狗的脾气，每当被那些狗追踪时，它都会针对每一只狗的脾性"对症下药",成功逃脱。

譬如那只深灰色的大狗,小军马只要是被它追赶,就会及时地从篱笆下面的洞钻过去。而那只狗就拿它没办法了。因为这只狗身材高大,很难钻过去,等它好不容易钻过去时,兔子早跑了。

镇上还有一只个头较小的狗,由于体形比较小,所以身手非常麻利,可以轻松钻过篱笆下面的那个大洞。要是被它追赶的话,小军马就会越过六米宽的灌溉渠逃命。因为渠里的水流很急,小狗害怕掉到水里,怎么也不敢跳过去,所以它只好眼巴巴地看着小军马从自己眼前溜走。正因如此,一直以来,镇上的孩子们都把这个地方叫"军马兔的飞跃处"。

其实,小军马真正怕过的只有那只腿很长、皮毛黝黑的大狗。因为,当小军马刚钻过篱笆下面的那个大洞时,那只大黑狗早已跳过篱笆在对面等着小军马了。小军马好几次差点儿就送了命。幸好它躲在细密牢固的橘子篱笆下面,那只黑狗才无计可施。

此外,镇上还生活着一些猫和一些会放臭气的鼬鼠。

小军马特别讨厌鼬鼠的那种恶臭味，每次闻到时，它几乎都要窒息晕倒了，感觉生不如死。但对付那些猫，小军马还是有办法的。如果有猫试探着靠近自己时，它先是会一动不动地伏在草丛中，等猫一靠近，它就突然跳起来，用脑袋使劲地向猫撞去，同时，还用有力的后腿向猫狠命地踢去。绝大多数时候，猫都被小战马这种突然袭击吓得猛然后退，慌忙逃窜。不过也有例外。有一次，小军马遇到的是一只带着幼崽的母猫。母猫虽然也被吓了一跳，可是为了保护它的孩子们，立刻就向小军马猛扑过来。幸亏小军马反应快，否则命就保不住了。想起这事来，小军马都有点儿后怕。

　　小军马外出觅食时，总要小心提防敌人的突袭。所以，小军马很明智，总是选择在晚上出洞，这样比较容易躲避敌人的追踪。可是，其他时候也会饿肚子呀，所以，遇到这种情况，小军马也不得不离开洞穴出去找食。虽然这样的时候并不多，但有一次，小军马还是遇到了危险。

　　那是一个冬天的大清早，小军马在外面饱餐了一顿，正要穿过宽阔的原野回家时，突然看见了一只猎犬，而那只猎犬也发现了它。

原野十分空旷，那里没有结实的橘子篱笆可供它躲藏，也没有沟渠让它跳跃，有的只是松软的积雪，非常不利于奔跑。小军马这下子可急坏了！它正在想办法时，那只猎犬已经蹬起一片雪花，猛扑过来了。

在镇外的原野上看到猎犬可不是什么好兆头，它们一定是饿极了，才会游荡到这里来觅食的。情况紧急，没时间多想了，小军马赶紧掉转头来，撒腿狂奔，身后扬起了细碎的雪花。它们就这样一前一后，在雪地上追逐起来。小军马虽然精力十足，可是刚吃饱肚子，跑起来有点儿笨拙。而猎犬虽然饿着肚子，身体却十分轻快，加上它一心想吃掉小军马，所以跑起来快得惊人。

小军马和猎犬都在全速奔跑，身后扬起两股雪雾。如果不是看见狗追兔子，你大概还会奇怪这两股雪雾是从哪里来的。它们就这样不停地奔跑，渐渐地，小军马体力不支、呼吸困难了，而猎犬依然气力十足。小军马无处躲闪，无论怎么迂回，都甩不掉这只猎犬，眼瞧着雪地上连一簇小小的灌木丛都没有，它既灰心，又害怕。

　　突然，小军马的体力瞬间恢复了，它竖起两只耳朵，精神一下子振奋起来，跑得比以前更快了。原来，它的脑子里冒出来一个绝妙的想法。现在它不再往北边很远的树丛跑了，而是拼命地奔向了东边那片空旷的草原。

　　在这片草原上，住着一家农户。他家虽然也养着一只非常凶恶的大黑狗，不过，在高高的院墙下有一个专门为鸡鸭留的洞，小军马自然也可以自由出入。猎犬还是紧追不放，就在它快要追上时，小军马一个急转弯，跳到一旁，然后迅速钻进那个洞里。猎犬一下子失去了目标，于是，它就在院墙边嗅来嗅去，来回寻找，最后，它一个纵身跃过了栅栏门，落在了一群母鸡当中。吓得这群母鸡"咯咯咯咯"地乱叫，不停地扑腾翅膀。看家的大黑狗听到母鸡的叫声，便"汪汪"地狂吠着扑了过来。猎犬见势不妙，想纵身跳出鸡群，还没等它反应过来，大黑狗已扑到了它身边。一场激战开始了。小军马趁机悄悄地从洞里溜了出去。激战的结果如何，小军马不是很清楚，它当然也不可能回去打探。不过，从那以后，小军马就再也没见过那只总在原野上游荡的猎犬了。

2. 优秀基因

躲过了无数次袭击、九死一生的小军马有着令人不可思议的聪明才智，这比它的奔跑速度可要强百倍。其实，如果我们回头看看小军马所走过的路，就会知道它的聪明才智也不是凭空来的。

在小军马生活的地方，有很多跟小军马一样的长耳野兔。

当这里还没有人定居时，野兔们就面临着各种各样的困难。尤其是那些自然界的天敌，大的如狐狸、狼以及从天上呼啸而下的鹰；小的如蚊子那样能传播细菌和病毒的小昆虫。此外，还有极度的严寒和难以忍受的酷热天气。因为这些敌人的存在，使得这里的野兔数量曾经骤减。

后来，人们开始来此定居了，于是，又出现了新的敌人——人类，以及他们养的猫和狗。人们常常会用枪打死偷吃蔬菜的野兔，有时，他们养的狗也会咬死很多野兔。然而，人们为了保护家畜，猎杀了大量的野狼、狐狸和鹰等兔子的天敌，这样一来，兔子们的数量反倒迅速增多了。

天敌少了，野兔们的生活自然就快活起来，也就慢慢繁殖开来。但随着瘟疫的传播，野兔们几乎遭到了灭顶之灾，差点儿就绝种了。那些相对强壮的长耳野兔顽强地存活下来，瘟疫不但没有杀死它们，反而让它们的身体更加健壮了。

此后，人们为了保护自己的生活区域，开始在自家院子的周围栽种灌木丛，从而形成了一堵结实的橘子树篱笆墙。这些篱笆墙很快就成为长耳野兔躲避敌人追赶的临时避难所，它们从此也用不着傻傻地狂奔了。当然，它们奔跑的速度还是很快，只是头脑变得更加灵活了，它们已经明白，奔跑并非摆脱敌人的最有效方法。

为了对付越来越聪明的长耳野兔，野狗们采用了一种接力追逐的手段。它们事先埋伏在野兔逃跑时可能经过的路线上，然后轮番追逐，直到把野兔追得累趴下为止。如果野兔又想往灌木丛里钻，野狗们就会两面夹击。起初，赢的常常是野狗们。但过了一段时间之后，长耳野兔就找到了应对的方法。它们一方面留心避免进入下一个野狗的埋伏圈，另一方面就拼命地奔跑，想尽办法摆脱第一只野狗的追逐。

那些跑得慢而且脑袋不灵光的野兔自然就被淘汰了，而那些活下来的野兔都是跑得既快头脑又相当聪明的野兔。它们在一片人迹罕至的大草场上组建了自己的家庭，生养了一群跟它们一样优秀的小兔子。小军马便是这种野兔的后代，所以你应该明白小军马为什么这么聪明了吧！

小军马之所以如此出众，当然不只是遗传了父母的优良基因，它在成长过程中所经历的种种历练才是它脱颖而出的关键因素。比如，小军马小时候，有一次被一只小狗追赶，眼看就要被小狗咬到了，可是小军马却毫不慌张，它走了一步险棋——"越危险的地方越安全"。它把这只小狗引到了正在旷野中吃草的牛群中。结果，小狗被牛群赶跑了，小军马终于脱险了。把追赶自己的敌人引到其他的敌人那里，让双方厮杀，是小军马在生活中慢慢摸索出来的最佳逃生方法。

小军马一天天长大，变得越来越聪明了。别的野兔身上的嫩毛逐渐变成了缎子般的浅灰色，身上还点缀着一些纯白或纯黑色的小块儿。而小军马却长得很特别，它的毛色就像它的个性一样，非常少见。它的耳朵背面是醒目的纯白色，耳尖上有一点儿墨绿色，四条腿则是白色，尾巴为黑色，在白色屁股的衬托下，就像一片白色中的一个小黑点。小军马之所以与众不同，主要是因为当它不跑，耳朵垂下来、尾巴又坐在屁股下面时，你根本看不到它身上的黑色和白色，能看到的只是如缎子般的灰色。这种灰色是它的保护色，当它藏在草丛里时，敌人不容易发现。

小军马身上的黑色和白色并没有给它添乱，它们还有其他妙用。当它奔跑跳跃时，黑白色就特醒目，尽管很容易暴露自己，但这样也相当于亮明了自己的身份。对于一只小小的野兔来说，在敌人面前公然亮明身份不

是太冒险了吗？实际上，对于小军马来说，这却是一种
保证安全的方式。为什么呢？原因就是小军马的奔跑速
度实在太快了。当有敌人追来时，小军马就会亮出那惹
眼的黑白色来，那样子就像是在对敌人宣战："我就是
那只速度奇快的野兔，你们休想追上我。不信就过来试
试！"

有些野狗或者狐狸什么的都曾追过小军马，事后它
们都明白了，追赶小军马是一件苦差事。渐渐地，它们
也明白了一个道理：野兔那么多，何必费那么大劲呢？
抓那只黑白野兔，还是算了吧。因为当小军马刚出现在
自己眼前时，还是一只黑白色的大大的长耳兔，可刚要
追时，这只大大的长耳兔就变成了一个小白点，而且，
小白点还越来越小，很快就消失在了地平线上。当没有
敌人追逐时，小军马还时常冒点儿险，故意引逗敌人来
追自己，一是为了锻炼，二是为了给自己的生活找点儿
乐趣。

3. 小镇上的陌生人

和其他野生动物一样，野兔们也有自己固定的生活区域，一般它们很少跑到生活区域外面觅食。因为，只有熟悉情况才能保证自身的安全。

在小镇的火车站附近，有一个专门种植蔬菜的小村落，野兔们的家就在以村落为中心、方圆五十千米的地区。它们在这一地区的灌木丛和草丛中，东一处西一处地挖了很多洞，做自己的窝。窝里只有一些枯草和几片枯叶，没有任何装饰，但野兔们却感觉相当舒服，因为这些洞穴各不相同，各有各的用处。比如，有的洞是为了躲避酷热天气专门修建的，这种洞空气流通，住在里面如同乘凉；有的洞是为了躲避严寒而专门修建的，这种洞通常很深，里面不像地面那么寒冷；也有专门为雨天修建的洞，洞口通常覆盖着厚厚的草，以免雨水渗透到洞里来，因此，洞内总是保持干燥。

　　白天，野兔们都会躺在自己的窝里休息，到了晚上，它们便纷纷跑出洞来四处觅食。有时晚上出洞，也是为了找同伴一起玩耍。它们在皎洁的月光下像顽皮的小狗一样尽情地嬉戏打闹，但当第二天黎明快要过去，太阳刚刚露出来一点儿时，野兔们就会根据天气状况跑到附近一个合适的窝里去了。

　　在各个农场中间，有一些灌木丛形成的篱笆，最近，又增添了一种叫铁丝网的东西，野兔们感觉十分安全。这些灌木丛和铁丝网增加了敌人追捕时的难度，成为野兔们躲避敌人追踪的天然屏障。然而，此地虽然安全，却未必是寻找食物的最佳去处。好食物都在村落附近的蔬菜地里，而那里却是最危险的。虽然平原上的危险比过去少了，可一旦碰到难以通过的篱笆、手持猎枪的人以及猎狗，它们就面临着致命的危险。

　　可小军马却偏偏把自己的窝建在了蔬菜地的中央。这里尽管很危险，但到处都是美食，还有其他地方所没有的快乐。就算有危险，小军马也随时能逃掉，因为它知道，那些篱笆上有很多小洞，一旦钻出洞，就会有无数种逃跑的方法。于是，这片蔬菜地反倒成为小军马的天堂。

与村落相连的是一片平原，在平原的那一边有一个小镇，是西部特有的那种毫无特色的小镇。整个小镇的街道连一点儿曲线也没有，更没有景色优美的地方，看上去脏兮兮的。人们的房屋都是用一些薄薄的木板和柏油纸搭建而成的，看上去挺可怜的。有些房子的门面还被刻意装扮成两层楼的样子，另有一些房子看上去像是用砖头搭建的，实际上却不是那么回事。总之，一切都显得虚假而俗气。

看得出，这些建筑都是临时性的用房，房子的主人也许只是在这里待上一两年就会搬到别的地方去。小镇简陋不堪，除了那些种植在街道旁的绿化树外，再找不到任何看上去可爱而生机勃勃的东西。最有美感的建筑也许就是镇上的那几座谷仓了，那几座谷仓虽然粗糙，却很牢固。站在小镇街道的尽头，就可以看见草原上的景色，那里有农舍和风车，还有一排排的橘树篱笆。灰绿色的叶子上点缀着金黄色的果实，果实随风摇荡，让人觉得非常舒适。没人愿意在这种地方常待，多数都是途经此处的旅客。

冬日将尽，一天，小镇上来了一个旅客。这个小镇实在是枯燥乏味，找不到任何新奇的玩意儿，于是，这位旅客便走出小镇，走到跟前这个白雪皑皑的草原上，想稍微透透气。

雪地上留着很多狗杂乱的脚印，长耳兔的脚印也夹杂其中。旅客觉得很奇怪，便向路人打听这镇上是不是有野兔。路人回答说："不可能吧，我从未见过野兔！"这时，一个抱着一捆报纸的小男孩却说："当然有啊，如果你到草原上去，就能看见一群群的野兔，它们还经常跑到镇上来。在蔬菜地里还有一只大家伙呢，它身上有黑有白，就像棋盘一样。"听小男孩这么一说，旅客便朝蔬菜地走去。

其实，小军马当时并没有住在蔬菜地里，那个窝它偶尔才来住。由于此时正刮着阴冷的风，小军马就跑到跟蔬菜地方向相反的另一个窝里去住了。当那个陌生的旅客向蔬菜地走去时，小军马便一直在暗中观察那个旅客的动向，如果旅客只是去蔬菜地的话，它就会一直趴在窝里，静等旅客离开就行了。没想到这个旅客却突然改变了路线，直奔小军马待的地方走来。见势不妙，小军马立刻跳出洞来，开始在白茫茫的大草原上狂奔起来。

通常，野兔们在奔跑过程中，都会施展"侦察跳"的动作，就是每跳五六下之后，就会高高跳起一次，借机观察四周的情况。大多数兔子通常每跳四次就会做一次"侦察跳"动作，这样非常费时费力。而小军马奔跑时则是每跳十二次才来一次"侦察跳"，而这一跳又特别高，周围的一切都可以尽收眼底。它不仅跳得高，还跳得特别远，每次都可以跳三四米远。可这样一来，它留在雪地上的脚印就和其他野兔的脚印明显不同了。此外，由于小军马的尾巴很长，所以，每当它蹦起来时，就会在雪地上划出一道非常明显的长印来。就凭这一点，人们一看就会明白这到底是谁留下的脚印。

有些兔子，见到没带猎狗的人不会害怕，所以往往掉以轻心。小军马就有过这样一次惨痛的教训。一次，小军马见一个没带猎狗的人站在远处，以为没有什么危险，也就没有急着逃跑。可是，"砰"的一下，自己不知被什么东西打倒在地。有了那次惨痛的经历，这回在陌生人离自己还很远时，小军马就开始奋力逃跑了。在树篱笆后面，小军马还有另外一个窝。它飞速地跑到了那边，然后踮起脚四处观察了一下，就钻进去休息了。

可没过二十分钟，当它把自己长长的耳朵紧贴在地面上时，却听到了"咔嚓、咔嚓"的踩雪声由远及近——那是人类的脚步声！它猛地抬起身子，就见一个人手里拿着长长的亮亮的不知什么东西朝自己的洞穴走了过来。

小军马立即从自己的洞穴里蹿了出来，朝树篱笆跑去。为了不暴露自己，一路上，它一次"侦察跳"都没做，直到钻过铁丝网，跑到了对面，才跳起来看了一下，见那人并没有注意自己，只是紧盯着雪地上的脚印。小军马才把心放了下来，它伏下身子径直向前跑了一段后，又沿着树篱笆跑了一会儿，之后又折回去跑了一遍，然后才改变方向，朝自己的另一个窝跑去。

紧张了这么一阵子之后，小军马打算好好歇一歇了。可还没等它把窝焐热呢，洞外又传来那令人不安的

"咔嚓、咔嚓"声。它只好再次逃跑，跑了一会儿之后，它立起身来，发现那人还在看着雪地上的脚印追踪自己。

无奈，小军马只好猛地跑出很远，然后又随意地在地上留下一些乱糟糟的足迹，之后再从其他地方折回，钻进了附近的窝里。小军马心想："这回该安全了吧? 应该能甩掉这个讨厌的人了吧? "想着想着，它的困劲儿上来了，意识有些模糊了。此时，洞外又传来"咔嚓、咔嚓"的脚步声，小军马立刻清醒过来，这回它并没有立刻跑出洞穴，而是静静地待在洞穴里，注意着外面的动静。洞外的脚步声渐渐慢了下来，最后又从距离洞穴一百米远的地方走了过去。乘此机会，小军马"嗖"的一下蹿出了洞，朝着相反的方向跑去。

这次可真是太不寻常了，小军马觉得这个人与以前遇到的敌人很不一样，太有耐心了。小军马跑了一圈，每个洞穴都去过了，现在唯一可去的就是那个有着大黑狗的农家了。小军马清楚地记得，在那里，它曾经利用那只大黑狗狠狠地教训了那只在郊外流浪的猎犬。它还记得，那户农家有着高高的院墙，篱笆上还有自己可以自由出入和藏身的鸡洞。

小军马穿过雪地，直奔农家的院墙跑去，上一次，它就是钻过鸡洞跑进院子里才摆脱了那只猎犬的追杀的。但这次很不巧，院墙上的这个洞已经被堵死了。此时，就见那个人正从远处的斜坡上往下走呢。看来只好冒险了。打定主意，小军马便向农家的栅栏门跑去。栅栏门开着，那只大黑狗正躺在里面的几块木板上睡大觉。几只母鸡则蹲在院子里最暖和的角落里晒太阳。而这家的猫正蹑手蹑脚地从谷仓向厨房跑去。小军马悄悄地从栅栏门溜了进去，刚一进门，那群多事的母鸡就"咯咯咯"地叫了起来。听见鸡叫，大黑狗一下子站了起来。危险将至，小军马无处可逃，于是赶紧缩了起来，利用自己的毛色把自己伪装成了一块灰土疙瘩。黑狗正向自己走来，小军马只能暗暗祈祷，希望那只黑狗不要发现自己。要不是那只笨猫，小军马这次就凶多吉少了。原来，正在这时，猫朝窗台上一跳，结果把上面的花盆给打翻了，就听"哗啦"一声，猫吓了一跳，那只黑狗也被惊动了。

猫立刻从窗台上跳下来，朝谷仓跑去，黑狗于是就追起那只笨手笨脚的猫来。等它俩都跑远了，小军马这才起身，眨眼就跑到了院墙外的空地上，此时，那个人也正好走向农家。就在他走进农家时，那家的女主人刚刚救下了猫，那只大黑狗本想向这个陌生人扑去，但看到他手里拿着棍子，就不情不愿地重新趴在了那些木板上。

直到那个陌生人到了农家，这场追逐才算结束，小军马总算摆脱了那个讨厌的追踪者，获得了胜利。

第二天，那个陌生人一早就来到了雪地上，继续循着足迹寻找小军马。这回他却没有找到，只是从尾巴的痕迹、跳跃的距离以及习惯上找到了小军马的脚印。在这些脚印旁边，还有一串较小的野兔脚印，这两种脚印重重叠叠，显得杂乱无章，一看就是嬉戏打闹造成的。从这些脚印可以看出，小军马与这只野兔一起觅食、一起休息，根本没有分开过。于是，这个陌生人自言自语道："哦，看来这只野兔已经找到自己的伴侣了。"

他猜得没错，雪地上的这些脚印正是小军马和它的妻子留下的。

4. 发令员米克

不知不觉，又一个夏天了，这是最适合长耳野兔成长的季节，但一场灭顶之灾却正在向它们靠近。由于鹰、土狼、野狗等野兔的天敌被人类大量猎杀，野兔的数量空前暴涨，自然界的生态平衡被打破了，严重威胁到了人们的生活。于是，人们决定来一场大规模的围剿野兔行动。

行动始于一个早晨，此地居民集中在了一起，对野兔开始了地毯式扫荡。人们连成一排，一边走，一边不停地敲打灌木和草丛，尽量弄出声响来。藏在里面的野兔大多被赶了出来，之后，它们马上又遭到了一阵猛烈的石块儿袭击，很多野兔当场死亡。

队伍继续向前推进，野兔们拼命地逃命。于是，人们开始从两翼进行包抄，后来，包围圈越缩越小，野兔们急得就像热锅上的蚂蚁，可是却又无处可逃。很多接近扫荡队伍的野兔被当场捕杀，横尸遍野。而那些没被捕杀的野兔则都被赶进了铁丝网围起来的栅栏里。小军马拼命地逃，没想到却成为第一批陷入铁丝网的野兔。

共有四五千只野兔被困进了铁丝网，那些老弱病残者当场被人们杀掉了，剩下五百只健壮的野兔被人类留了下来。栅栏里早就预备好了至少五百只野兔大小的小木箱。那些跑得很快又很聪明的野兔陷入铁丝网，瞎转一气后便躲进了小木箱。这样，人们不费吹灰之力就选出了野兔中的佼佼者。小军马自然也在其中。

这五百只野兔当天就被人们装上火车，然后运往赛狗竞技场。竞技场的管理人员为野兔们提供了充足的食物，照顾得很周到，以此来平复野兔们的不满情绪。之后，他们把野兔们放出小木箱，集中关进了一个大笼子。刚到竞技场，管理员并没有安排它们赛跑，而是让它们好好休息了一天。

第二天，残酷的训练就开始了。竞技场里设置了一二十个通向大广场的小门洞，通过这些小门洞，野兔们被赶到了大广场。一到大广场，人们就开始大喊大叫着追赶这些野兔，再通过门洞把它们赶回原来的那个小场地。反复几天训练下来，长耳野兔开始懂了，有人追逐时，只有钻过门洞，跑到小场地里，人们才不会再追了。

很快就进入第二阶段的训练，这些野兔一被赶到竞技场上，人和狗就一起追赶它们，直到野兔们争先恐后横穿过空旷的竞技场，钻过门洞，到达安全地带后，人和狗才放弃追逐。

在被追赶的过程中，有一些没有经验的野兔还误以为是在平原上，它们一边跑还一边习惯性地徒劳无益地做着"侦察跳"。只有一只长有黑白毛色的长耳野兔一直没做这种无用功，它总是趴伏着身体跑在所有野兔的最前面，它脚步轻快，如风一般掠过广场，所有的人和狗，还有其他野兔都被它远远地甩在了身后。

一天，在训练过程中，一个长相不大友善的小马夫一见这只正在奔跑的长耳兔，就说："瞧那只野兔，跑得那么快，多像一匹小军马呀！"小军马的名字由此渐渐地就被传开了。

大约一星期后，野兔们都学会了第二阶段的训练项目。只要把它们赶到大广场上，它们就会拼命地向安全地带跑。在此过程中，竞技场里所有的赛狗教练和员工都渐渐地对小军马熟悉起来。人们开始谈论起狗兔赛跑的事儿。有人认为小军马能跑赢狗，包括那些名气大的狗；但也有人不以为然："小军马跑得再快，也不可能跑得过我的赛狗，我的狗照样能逮住它！"

　　一连观察了几天兔子们的练习情况，越来越多的人对小军马充满了信心，认为它是一个了不起的赛跑高手，一定会令所有的赛狗难堪的。

　　赛狗是一种猎犬，它们大腿强健、脖子细长、身段线条非常优美、头上的腭骨修长，眼睛里透出冷冷的凶光。这种猎犬是自然与人类智慧的混合物，是一种由血肉组成的天生的奔跑机器。饲养者将它们视若珍宝，照顾备至，不让陌生人接近。正因如此，很多人都在这些猎犬身上下了很大的赌注。

　　所有的赛狗按等级被分成两只一组进行淘汰赛。每一组胜出的狗再重新编组，进行一一对决。最终获胜的狗便是当年的冠军。

　　比赛的程序是，每次从栅栏里通过门洞赶出一只野兔，让它跑向赛场，等它跑出一段距离后，再把两只赛狗同时放出来。此时，身穿红色衣服的裁判骑着马，紧紧地跟着追逐野兔的赛狗，最后根据规则判断胜负。因为之前接受过训练，长耳野兔一进入空场，就会拼命地向安全地带奔跑，于是两只猎犬就在后面争先恐后地追逐。有时，野兔眼看快被追上了，危急关头，它就会突然改变方向。猎犬只要能这样迫使野兔改变一次方向，就可以获得一分。如果猎犬能逮到野兔并将它捕杀，就是全胜。

　　有时候，猎犬可以毫不费力地就追上野兔，并将它杀死。极少情况下，野兔也能奔跑很久，然后一个迂回迅速跑进安全地带。但总的来说，比赛结果不外乎以下几种情况：第一种，猎犬在短时间内便将野兔杀死；第二种，野兔顺利地跑回了安全地带；第三种，猎犬因在大热天奔跑吃不消而中途被替换下来；第四种，野兔四处乱窜，猎犬不但抓不到，还因此吃尽苦头，但野兔最终也没跑进安全地带。因为一旦出现第四种情况，人们就会拿出上膛的猎枪将野兔打死。

　　赛狗场没有什么公平可言，这里有很多骗人的交易。因此，一个被大家信任的裁判、训练员和放狗人员是赛狗竞技场里必不可少的。

　　在比赛的前一天，一个戴满钻饰的男人貌似偶然地跟发令员米克搭讪："朋友，来一支雪茄吧！"说着，那个男人就把一支雪茄递了过来。在点火前，发令员米克将包在外面的一张钞票揭下来，放进兜里，然后才把雪茄点燃。男人继续说："如果明天你能让去年的那只冠军狗输掉，我还会给你一支同样的雪茄。"

　　米克说："行，如果是我负责放狗的话。而且，和它一组的那只狗也会输掉。"

　　"是吗？真要如此的话，我就送你两支。"男人一下子来了兴致。

　　另一个担任放狗任务的人叫斯里曼，他性情直率，为人公正，曾多次拒绝过别人的贿赂。因此，大多数人都比较信任他。原本这次放狗的工作是由他来做的，但比赛那天早上，那个戴满钻饰的男人找到了经理，诬陷他搞手脚。经理虽然不太相信这人的话，但让一个有争议的人当发令员毕竟有些不妥，于是便在比赛开始前找米克接替了斯里曼。米克的手头并不宽裕，当发令员这件事对他来说太划算了，因为一分钟之内他就可以赚到相当于一年的薪酬。他自私地认为：只要不伤害那些兔子和狗，先放哪一只又有什么关系呢？野兔们都长得差不多，关键是选择哪只。

　　于是，米克毫不忌讳地作起弊来。初赛结束，五十只长耳兔被猎犬们追上咬死了。没人看出他的破绽，直到预赛结束，所有的人都认为他是公正的，因此，决赛还是由米克来担任发令员。

5. 十三颗星

　　获得奖杯和丰厚奖金的决赛马上就要开始了。两只线条优美的猎犬同时站在了起跑线上。一只是去年的冠军，另一只是它的挑战者。

米克对助手说："放三号吧。"他要放出的三号野兔就是小军马。

门刚一打开，小军马便如子弹般射了出来，马上就来了个惊人的"侦察跳"。发令员米克大声叫喊着，他的助手也挥舞着棍子狂敲笼子。

小军马像弹簧一样跑了起来。第一次跳了一米半，第二次就增加到两米，然后又到了三米半，一次比一次跳得远。直到它跑到三十米左右时，那两只猎犬才被放出来，人们开始议论纷纷，怎么这么晚才放狗呢？两只猎犬向小军马一路狂奔，快如离弦的箭，尽管如此，但此时的小军马早已跑过正面的看台，而且每一跳的距离又增加到了四米半。猎犬和野兔之间的距离越拉越大，转眼之间，小军马已消失在门洞里，到了安全地带。

无疑，这两只猎犬都输了，包括去年的优胜者。

竞技场里的观众们立刻发出热烈的掌声："了不起！太棒了！"而新闻记者也找到了一条好新闻，第二天，城里的报刊上便出现了这样的新闻标题："长耳兔战胜猎犬，小军马实至名归"。

　　第二天，那个戴满钻饰的男人就像是偶然遇到米克一样，照例递上了雪茄："米克，抽抽这支雪茄吧！"

　　米克十分高兴地接过雪茄："谢谢啊，先生，我想抽两支！"

　　从此，小军马就成为人们茶余饭后的谈资。不久，斯里曼重新当上了发令员，而米克则改做了管理员。

　　这样的工作变动，使得米克开始转而同情起小军马来。它毕竟是五百只野兔中最优秀的一只，尽管也有其他的野兔能够跑完全程并进入安全地带，但小军马却是唯一连弯都不用拐就能拿下比赛冠军的野兔。

　　这样的比赛每周举办两次，每次都会有五十只左右的野兔被捕杀，那五百只被抓来的野兔最后几乎全都在竞技场上断送了性命，最后只剩下了小军马，因为唯有它每次都能顺利到达安全地带。小军马如此优秀的表现赢得了米克的喜爱。他找到了经理，开始替小军马求情："老板，小军马已经多次获胜，应该把它放归野外，给它自由了吧！"

　　经理说："哦，那是当然！如果它能连胜十三次，你就可以带走它了！"

米克说道："十次可以吗？"

"不行，我还打算让它教训一下那几只新来的猎犬呢！"老板斩钉截铁地回答。

米克只好说道："那好吧，我们一言为定！"

当小军马连胜六次后，报纸上开始出现了这样的言论："喜欢猎犬的人们认为，猎犬无法获胜是因为素质下降。"此时，又有一些长耳野兔被运到了竞技场。其中有一只野兔长得和小军马特别像，但跑得却不快。为了不弄混，米克便把小军马关进了一个小箱子，然后用检票员的打孔机在它的耳朵上打上了星星状的孔，胜一次打一个。

现在，它的耳朵上已经打六个孔了。米克对小军马说："等打上第十三个孔，你就自由了！加油啊，小军马！"

一个星期不到，小军马又战胜了几只新来的猎犬，右耳朵上足足打了一排的小星星，一共有七个之多，于是又换左耳朵打。又过了一个星期，它的左耳上又打了六个孔，一共十三个孔，十三颗星，报纸上还对此事做了相关报道。米克乐不可支，自言自语："小军马你真棒，你终于自由了，十三真是一个吉利的数字啊！"

没想到经理却反悔了，他说："我确实答应过你，不过，我想让小军马再跑最后一次。因为有人硬要和它赌一场。你放心，它这么厉害，肯定会战无不胜的。"

米克抱怨道："老板，你怎么可以出尔反尔呢？"

经理有点儿不高兴了："米克，别给我找麻烦了，猎犬每天能跑两三次，它就不行吗？今天下午再让它跑一次！"

米克还在恳求："可是，老板，猎犬可不用冒什么生命危险啊！"

"出去吧，就这么定了！"经理很不耐烦。

无奈，小军马还得再跑一次。

6. 无敌兔子

可是，中午时分，不知为什么，兔栏里一只生性好斗的雄性长耳兔刚跑进安全地带，就突然向小军马发起了袭击。为了对付它，小军马花了不少力气，身上还受了两处伤，伤口还在隐隐作痛。这严重影响了它在下午那场比赛中的速度。

下午的比赛开始了。

小军马和以前一样跑着，它竖着长耳朵，一路狂奔，像风一样掠过了赛场。后面跟着去年的冠军犬和那只新来的猎犬。

小军马速度依旧极快，不过，那两只猎犬还是离它越来越近了。此时，赛场边上那些喜欢猎犬的人开始欢呼，而喜欢小军马的人则有点儿躁动不安了。之后，那只新猎犬竟然让小军马拐了一个弯，又回到了起点。这可是头一次。而更糟的是，两只猎犬竟然接二连三地逼迫小军马转向奔跑，因此得了很多分。

小军马拼命地奔跑，两只猎犬在后面死命地追，眼看它就快被追上了。就在这时，它突然一个掉头，径直朝米克冲了过来。就在猎犬快要咬着它时，它猛地跳了老高，当米克用脚猛踢那两只猎犬时，小军马已经跳到了米克的怀里躲了起来。米克抱着小军马，场外一片欢呼声。

爱狗的人马上向经理提出抗议："骗子，重赛！骗子，重赛！"

经理这次把赌注押到了猎犬身上，心里也不好受，正好有人抗议，他便立刻答应重赛。米克不住地抱怨，费尽口舌才为小军马争得了一个小时的休息时间。

一个小时后，小军马又被放回了竞技场。它休息了这么一会儿，看上去精神了很多，奔跑起来也充满了活力。可是，那两只猎犬也同样休息了一个小时，所以，虽然小军马跑得像风一样快，却还是无法摆脱它们。小军马被猎犬追得四处逃窜，拼了命地又跑又跳，不断地躲避着后面凶险的敌人。

渐渐地，小军马的耳朵开始耷拉了。那只新来的猎犬突然一个纵身向小军马咬了过来，没有办法，小军马只得冒险往回跑，从猎犬身底蹿了过去。可紧接着，那只冠军犬又扑了上来。就这样不停地躲来躲去，小军马的耳朵都快贴到背上了。幸运的是，那两只猎犬因为不停地折返跑，早已累得筋疲力尽了，它们伸出长长的舌头，口吐着白沫。这副狼狈相一下子激起了小军马的斗志，它的耳朵突然又竖起来，看来，比赛马上就会结束了。而那些喜欢猎犬的人见势不妙，居然又放出来两只精力充沛的猎犬。小军马鼓起了全部精力，好不容易才把那两只猎犬甩在身后，没想到又要迎战另外两只。它只好靠不断改变方向来逃脱了，可就在它快要到达安全地带时，那两只新放进来的猎犬已经逼近了它，其中一只猎犬甚至还咬掉了它的尾巴尖。

看台上成百上千的观众一下子屏住了呼吸。就在这时，比赛时间到了。米克疯狂地冲进了赛场。

"滚开，你们这些卑鄙的狗！"米克一边吼叫一边向猎犬冲去，他想狠狠地教训它们一顿。几个工作人员马上冲过来抓住了米克。

米克一边挣扎，一边大喊："骗局！不公正！你们太没人性了！"

米克被工作人员架到了竞技场外。离开时，他看到了筋疲力尽的小军马和那四只拖着长舌头的猎犬，还看到了骑在马背上的裁判似乎对着放枪的那个地方做了个手势。无论米克怎样喊叫，怎样挣扎，竞技场的门还是在他身后"咣当"一声关上了。就听"砰砰"两声枪响，夹杂着狗的乱叫声和人群的惊叫声，米克心中顿时起了不祥的念头，脑子里立刻浮现出了浑身是血、痛苦不堪的小军马。

等抓住他的工作人员一松手，米克就立刻向竞技场的安全地带冲去，从那儿可以看到竞技场上发生的一切。刚到那儿，就见一只垂着耳朵的野兔一瘸一拐地跑了过来。米克顿时全都明白了。看来猎枪并没有击中小军马，而是误伤了猎犬，小军马趁乱得以脱身了。

观众都站了起来，看着工作人员将那只受伤的猎犬抬走，而兽医则蹲在地上，正在安抚那只躺在地上"呼呼"喘着粗气的猎犬。

米克见没有人注意他和小军马，就顺手拿来一只小箱子，将疲惫不堪的小军马小心地放了进去，然后悄悄溜出了竞技场，快步走向车站，迅速上了火车。几个小时后，他来到了那片生活着许多长耳野兔的平原。

　　米克打算把小军马放了，就算是被开除，他也不在乎。

　　太阳早已落山了，平原的夜空上，很多星星一闪一闪地点缀其中。远处的村庄和橘树篱笆隐约可见。米克把小箱子放在地上，打开盖子，让小军马出来。小军马犹豫了一会儿，好像不相信眼前所发生的一切。过了一会儿，才向前跳了几跳，接着又来了一个高高的"侦察跳"，然后，竖起那两只有着十三颗星星的耳朵，向远处跑去。它的动作是那么轻快自由，慢慢地，那小小的身影就融入了平原的夜色中。

　　后来，人们曾在这一带的平原上见过它几次。追捕野兔的行动也在这块平原上进行过几次，但是，小军马似乎已经把那次的痛苦经历铭刻于心了，在被抓捕的成千上万只野兔中，人们再也没有见过那只耳朵上有十三颗星星、毛皮上有黑白点缀的长耳野兔。

　　小军马终于安全地返回大自然了，再也不会离开了。

野兔追踪笔记

一八八五年二月十五日，我跟踪了一只兔子，仅从脚印上看，就可以看到一个精彩的故事。现在，就让我带大家一起去看看吧。

虽然我没有看到这只兔子，但根据它留下来的足迹，我完全可以断定：这是一个真实的故事。所有的脚印和痕迹都显示，这个故事确实发生过。

我先是在一处雪地上发现了一个印痕，这个印迹长约18厘米、宽约13厘米。可以看出，当雪轻轻飘落之时，有一只棉尾兔曾在这里蜷伏过。它还曾在前面不远处跳

跃过，并在那儿四处张望，因为，前面的小脚印就是它
用前脚踩出来的，而两个长脚印则是它的后脚踩出来的。
在脚印的后方有一个小凹陷，那是兔子的尾巴印出来的。
而且，从尾巴的痕迹可以断定：它曾经坐在自己的尾巴
上。

　　忽然，它警觉地发现，某种东西出现了！于是，它
迅速地往前跑去。从前方留下的脚印上，我们可以看到
一个明显的转变：前脚印已经落在后脚大脚印的后方了。
这说明，这只兔子开始奔跑了。你要是仔细观察的话，
就会发现，兔子每次伸展跳跃时，后脚都会落在前脚的
前面。跑得越快，后脚就会越靠前。这种后脚向前伸展
的动作在大部分善于奔跑的动物身上都会出现。

　　可是，当时到底发生了什么，居然让它突然启动了
十倍于以前的速度呢？我实在是无法想象。

　　随后，棉尾兔又开始了一系列奇怪的跳跃，它似乎
在逃避某个敌人。

　　到底是什么敌人呢？地面上可没有发现其他任何动
物的脚印！难道这只兔子正在做一种危险演习，飞跑着

试图摆脱一个想象中的敌人？我循着它的脚印，发现前面有一片雪地上清晰地出现了一些血滴。这个证据告诉我，根本不存在什么假想的敌人，这只兔子确实是遇到危险了。可是，关于危险的来源，我还是找不到任何线索，因为在地面上，我依然没有看到任何其他的脚印。再往前几米，我发现了更多的血迹。一直到了前面二十米处，在兔子足迹的两侧，我终于发现了一处痕迹，很明显，那是一双宽大而强壮的翅膀留下的痕迹。

噢！原来是它！我现在终于明白了，这只棉尾兔确实是在逃离一个敌人。而这个敌人之所以没有留下脚印来，是因为它长着翅膀，它可能是一只老鹰或一只隼，但也有可能是一只猫头鹰。

又走了几米，我终于发现了棉尾兔的尸体，它已经被吃掉一部分了。

显然，凶手一定不会是老鹰，如果是老鹰，它一定会把棉尾兔的尸体带走。既然不是老鹰，那么，凶手不是隼就是猫头鹰。

我继续搜寻凶手留下来的蛛丝马迹。终于，在这只兔子的尸体旁边，我发现了猫头鹰特有的两对脚印。隼的脚印也非常特别：三个趾头在前，一个趾头在后。而猫头鹰的脚印则完全不同，因为它落地时几乎都会有两个趾头在后面。

显然，凶手只能是猫头鹰。

我继续搜寻更多的证据。终于，我在附近的一棵小树上又找到了新的证据。那是一根非常柔软的羽毛，羽毛上带有三道宽大的条纹，所有猫头鹰的羽毛都是这样的。这根羽毛清楚地告诉我：不久前，有一只猫头鹰曾在这里出现过。

因此，我完全可以断定：杀害棉尾兔的凶手就是猫头鹰。

正当我忙着记笔记的时候，山谷里突然飞出来一只鸟。

正是猫头鹰！这只猫头鹰正在飞往犯罪现场。毫无疑问，它打算要回来吃完它的大餐。

这只猫头鹰就降落在我头上大约三米高的树枝上，也就是兔子尸体的正上方，嘴里发出一阵低沉的叫声。

它就那样一动不动地待在那里，等着我离开。

当时我既没有带相机，也没有带枪，于是赶紧拿出笔记本来，迅速地给它画了一幅素描画。如今，那张素描还保留在我的狩猎战利品中。

只是根据一些间接的证据，跟踪野兔，我们就可以得到令人信服的结论。而雪地上的脚印，就是最完美的证词。

野兔一只耳

一

兔妈妈莫利只有一个孩子。有一天，它将自己的孩子放在野草编的兔子窝里，然后就出门了。出门前，兔妈妈叮嘱小兔子说："妈妈出去的这段时间，不管发生了什么事，你都乖乖地待在这里别动，更不要弄出一点儿声响来。"

这时，一阵轻微的、沙啦沙啦的响声传到了小兔子耳朵里，它奇怪地想，要是有什么动物走过来的话，应该能听到脚步声呀，怎么却只有沙啦沙啦的响声呢？

"到底是什么声音呢？我出去看一下，只偷偷地看一眼就行。"想到这儿，小兔子就钻出了窝。

小兔子刚一露头，就禁不住大声惊叫起来。原来，它竟然同一条大黑蛇撞到了一起，而那条黑蛇顺势朝小兔子耳朵咬了一口。转眼间，这个小兔子就被这条大黑蛇给缠了起来。

"妈妈……"小兔子大喊起来。

听到小兔子的叫声，兔妈妈以迅雷不及掩耳之势飞奔过来。

这只平日里显得非常柔弱、遇事只顾逃跑的母兔，现在却一改往日的懦弱，就在它扑过去的瞬间，用后脚上那锐利的趾甲往毒蛇身上狠狠地抓了一下。"咝咝……"毒蛇发怒了。可是，母兔还在疯狂地抓着，血从毒蛇的身体里流了出来，过了一会儿，这条蛇渐渐失去了体力，就在它放松身体的一刹那，小兔子毫发未伤地挣脱了出来。于是，母兔带着它的小兔子，迅速地逃进了茂盛的草丛里。

尽管安然逃脱了，可是，这只小兔子一只耳朵的边缘却被毒蛇给咬豁了，形成一个锯齿状的豁口。从此以后，这只小兔子就被人们叫作"一只耳"了。

接下来要写的关于这只一只耳的故事，是把兔子的语言翻译成了人类的语言。不过，我要告诉各位的是，这绝不是什么神话故事。如果你详细地调查一下动物的生活，就会明白，其实，动物们也跟我们人类一样，它们生活中也会考虑很多事情，并且都操着各种各样的语言。

所以请各位记住：在这个故事中，我只是把兔子的语言换成人类的语言而已。并非什么童话或神话故事。

兔妈妈莫利和它的孩子一只耳生活在奥里凡特沼泽地的附近，那里还生活着可怕的敌人——狐狸。兔子家族中只有莫利和一只耳母子俩。除了狐狸以外，沼泽地附近还住着很多其他的动物，比如臭鼬、黄鼠狼、老鹰、啄木鸟，还有猫、狗、猫头鹰、浣熊等，种类繁多。

莫利是一个非常优秀的母亲，它十分疼爱一只耳，并把自己一生积累起来的经验和智慧都严格地传授给了自己的孩子。

妈妈最开始教给它的就是"不要出声，趴下别动"。可是，当那条黑蛇过来的时候，它却忘了妈妈这句话，因此被黑蛇咬豁了耳朵。所以，经过了这件事情之后，一只耳就严格地遵守起母亲的教诲，当然，这句话也被它牢牢地记在了心里。

莫利妈妈教它做的第二件事就是"变成石头"，也就是说，在发现敌人的身影时，马上把自己变成石头那样一动不动。兔子在保持不动时，它身体的颜色大多时候和周围景物的颜色是融为一体的。如果不仔细观察，你根本看不出。

接下来，莫利妈妈又对一只耳传授了茂密的野蔷薇深处隐藏的秘诀。

野蔷薇身上长满了尖刺。传说，在很久以前，田鼠、松鼠、鹿、负鼠等动物总是欺负野蔷薇，扯掉它们的花，撞折它们的枝，碰断它们的杈……为了不让这些动物靠近，野蔷薇便让自己的身上长满了刺。而兔子家族却从来没对它们干过任何坏事，所以，野蔷薇也总在必要的时候对这个家族提供帮助。

每次被敌人追赶时，莫利妈妈都会立刻领着一只耳钻进野蔷薇丛里最茂密的地方。于是，追赶它们的敌人只好就死心了。

莫利妈妈告诉一只耳："孩子，你要记住，野蔷薇可是我们最好的朋友。"

由于一只耳经常和妈妈莫利一起在沼泽地周围散步，因此，哪里的野蔷薇长得最茂盛，它早就烂熟于心了。

没多久，人类又将新品种的荆棘一株挨一株地种植在了那片土地上。

这些荆棘没被修理过，就像藤蔓一样四处伸展蔓延。并且，那些蔓上也长着十分坚硬的刺，再加上它们长得特别结实，所以，无论什么动物都无法咬断它。

生存在这片土地上的动物们都对这片荆棘丛无比

的憎恨。而莫利妈妈却十分高兴，它说："这些荆棘是我们的朋友。我们这就去那边吧，接下来，我再教你一些利用这些荆棘的好办法。"

那片荆棘丛越长越宽，能为莫利母子安心度日提供的庇护所也随之越来越大了。

这片任何动物都不能将之咬断的荆棘丛，用人类的语言来说，可以称得上是"铁丝网"了。

二

莫利妈妈把自己所有的生存经验都教给了一只耳。比如，什么样的草好吃啦，怎样饮水啦，等等，这些都是作为兔子必须知道的生活常识。

莫利妈妈轻轻地抽了抽鼻子，一只耳也跟着抽起了鼻子，它们都嗅出了草的味道；莫利妈妈吃起草来，一只耳也跟着吃了起来。

可吃着吃着，它总是动不动就把妈妈嘴里正吃的草给扯出来，然后放进自己嘴里，它这样做是想确定一下，自己所吃的食物是否和妈妈嘴里吃的一样。

莫利妈妈舔着从野蔷薇上滚落下来的水滴，再次传授起生活经验来："绝不能饮用地面上的水。因为水一旦碰到地面，就会和脏东西混到一起，水也就变脏了。"

等一只耳长大了，可以单独出去的时候，莫利妈妈又把兔子间的信号规则教给了它。

兔子之间通过用后腿"嗵嗵"地叩击地面来传递信号。这种信号的声音可以传送到两百米远的地方。并且，不同的敲击方式表达不同的意思——"嗵"的一声表示"注意了"或者是"变成石头"。

"嗵、嗵"，慢慢地敲打两下是告诉对方"到这里来"。

"嗵嗵"，快速地敲两下表示"有危险"。

"嗵嗵嗵嗵嗵嗵嗵"，一阵连续的急促的敲打声，那就是"快逃命"的意思。

有一天，莫利妈妈把自己的两只耳朵一下子摆平了，这是叫一只耳"快蹲下来"的信号。

一只耳刚一蹲下来，莫利妈妈就马上跑了出去，迅速跳进了荆棘丛里。然后，兔妈妈向一只耳传来了"到这里来"的信号。

一只耳迅速地跳了过去，可是，它这回却并没看到妈妈。

"嗵、嗵"，它把信号传了过去。它是想叫妈妈"到这里来"，可是，它并没有听到妈妈传过来的回音。

没办法，一只耳只好自己跳到那边去了，接着，它从妈妈留下的脚印里嗅到了妈妈的气味。于是，一只耳便沿着那条妈妈留下来的足迹往前走，无论它怎么走，都始终追随着妈妈留下来的气味，最后，一只耳来到了一个茂密的地方，发现妈妈就隐藏在那里。

"太好啦！顺着气味，你也能找到朋友的！"接着，妈妈又说，"不过，你也得明白，敌人也会闻着我们留下的脚印气味追过来的。"

莫利妈妈向一只耳传授的经验越来越难了，其中一项是"变成树"。意思是教它登上从地面斜伸过来的树和倒在地上的树以后，就一直待在那里不要动。这样一来，不仔细看，兔子的身体就跟树上的疤疥没什么两样，敌人就找不着它了。

在兔妈妈传授给一只耳的生存经验里，最难的要数"逆行"了，这是一种留下自己脚印的特殊方法。

"准备好了吗？你可要好好地看啊！"

莫利妈妈说完，就蹦蹦跳跳地跑了。跑着跑着，它突然停下了脚步，踩着自己留下的脚印倒退着走了回来，然后，又高高地"乒"地往旁边一跳，马上潜入了茂密的野草丛中。

"这个办法叫'逆行'，要想摆脱那些沿着我们的脚印追赶过来的敌人，这种办法最有效了，这样一来，那些家伙就不知道我们跑到哪儿了，也就不能跟在我们的后面追过来了。"莫利妈妈说。

一只耳母子的生活，每天都是在连续不断地避开敌人的过程中度过的。天上飞的老鹰、猫头鹰，地上跑的狐狸、狗、猫、黄鼠狼，还有水貂和人类等，各种各样的敌人都会没完没了地追赶它们母子俩。

　　这时，树上的鸟儿大叫起来。

　　莫利妈妈悄悄地把耳朵竖了起来，仔细巡视了一下周围，可是，它并没有发现敌人要来的迹象。

　　于是，莫利妈妈说道："孩子，鸟儿大叫的时候，你可要注意了。那表明敌人可能要来啦。不过，有时鸟儿们也会搞恶作剧，它的话不一定都是真的，即便如此，在它叫的时候，还是当心点儿为好。"

　　一只耳点了点头，莫利妈妈又接着说道："另外，啄木鸟叫时，肯定是敌人来了。啄木鸟可是再正直不过的鸟了。"

　　沼泽地旁边有一个小高岗，高岗下面有一个洞。当时，有狗叫声传了过来，一只耳便不顾一切地跳进了那个洞里。狗跑到这个洞前，大声叫着，一只耳被吓得要死。这时，莫利妈妈立刻跑了过来，把那只狗远远地引开了，这样，一只耳总算得救了。

　　莫利妈妈使用"逆行"的办法把狗甩掉之后，又跑回了这里，它对一只耳说道："潜入洞里，这说明你确实会用脑子了，因为狗和人类都无法钻到那个洞里；

可是，万一你碰到的是黄鼠狼和水貂的话，这招儿就不管用了，因为它们同样也会钻洞，很快就会钻进洞里，那时，我们就死定了。只有那些蠢兔子才会逃进洞里。这个，你可一定要记住啊！"

三

在天气好的时候，莫利妈妈和一只耳经常会跑到小山坡这边来。小山坡上阳光充足，周围还长满了茂密的野草。如果有敌人来了，它们马上就能逃进那些草丛中。

在这个充满阳光的地方，到处都堆积着带有香味的松叶。一只耳和莫利妈妈一起，躺在松叶上，舒展开身体晒着太阳。随便怎么躺都可以，俯卧啦，仰着躺下啦，高兴地来回打滚啦……在每天都要躲避敌人追逐的日子里，这里便成了兔子们放松心情的好地方。

不过，经常也会有敌人跑到这里来，各种各样的事情也会在这里上演。小山坡上有一个大松树墩，一只上了年纪的老山鼠在树墩下面挖了一个洞，它常年在那里居住着。随着年龄的增长，这只老山鼠的心情不知怎么变得越来越坏，脾气也越来越执拗了。不知怎么回事，有一天，它居然同经过这里的一只狗打了起来。

它们打了大约一个小时，最后的结果当然是那只狗胜了，老山鼠被它咬死了。

于是，莫利妈妈就占据了老山鼠的这个洞。但是，马上就有只臭鼬钻了进来，莫利妈妈只好离开了。

那只臭鼬是一只年轻并自命不凡的小家伙，它居然会天真地认为："无论是什么样的对手，我都敌得过。"

有一天，小臭鼬竟然向人类发起了战争。

由于人类带着枪，只听"砰"的一声枪响，那只小臭鼬就一命呜呼了。那个洞，它也就占据了短短的七天。

在茂密的羊齿丛里还隐藏着另外一个地洞，它是山鼠挖的。那只山鼠非常年轻，充满了自信。有一次，它居然向奥里凡特老头儿挑起了事端，"啾"的一发子弹，它也断送了性命。

它的皮被老头儿剥下来做成了赶马的鞭子，老头儿一边用那个鞭子赶马，一边说："那只山鼠以前总是偷吃马料，现在却变成了这个马鞭子，用这个鞭子催促马儿快点儿出力干活，这样的交易也算是公平。"

这儿还长着一棵空心的胡桃木，树洞里住着一只浣熊。这只浣熊平日里就靠捕食青蛙来维持生计，但如果抓到了兔子，它也会将兔子美美地吃掉的。后来，在一个漆黑的夜里，它去偷袭奥里凡特老头儿的鸡棚，结果被人"砰"的一枪给打死了。

于是，这只浣熊居住的洞穴就归莫利母子所有了。这样一来，莫利母子在遇到危险时可以躲藏的洞穴，现在已经有三个了。

八月的一天早晨，温暖的阳光照耀着整个草地。

沼泽地的岸边有一大簇茂盛的坐禅草。在那片草丛里，趴着两块枯草颜色的东西，正是莫利妈妈和一只耳。

在那些坐禅草的草窠里，散发着一股特别难闻的气味。莫利妈妈和一只耳并不是特别喜欢那股臭味儿，而是因为这些臭气驱散了很多蚊子和牛虻，使莫利母子可以不被打扰地待在这里。

但是，没过多久，兔子们还是被打扰了。

蓝鸟突然间着急地大叫起来："来啦！危险来啦！"

莫利妈妈马上竖起耳朵，用眼睛巡视了一遍四周。就见一只大狗跑了过来，那是奥里凡特老头儿养的狗。

"孩子，你蹲在那儿别动！妈妈去把那只狗给赶走。"

莫利叮嘱完一只耳，就勇敢地迎着那只大狗跑了过去。"汪、汪、汪……"那只狗发现了莫利，于是大声叫着追了过来。莫利妈妈一开始跑得不是很快，眼看那只狗就要追上了，莫利妈妈马上加快了速度，让那只狗刚好逮不着自己，却也不至于落下太远，就让它一直在后面跟着。

狗"汪汪"地叫着："我马上就要抓到你了！就差一步了！"它不顾一切地追赶过来。但是，它怎么都缩短不了与莫利妈妈之间的距离。

没过多久，莫利妈妈就跑进了野蔷薇丛里。

狗也跟着往里钻，结果被野蔷薇刺中了脑袋，两只耳朵被野蔷薇的刺儿给扎得稀烂，狗大发雷霆。这时，莫利妈妈就好像故意在气它似的，又跳到了狗的前面。

狗气得冒火了，它又追赶莫利妈妈，莫利妈妈使出了最后的一招儿，"嗖"的一下钻进了那一排隐蔽着的"铁丝网"里，只听"咔"的一声，狗的整个身子都撞到了"铁丝网"上，被扎得皮开肉绽，它一边号叫着："疼死我了！疼死我了！"一边灰溜溜地逃跑了。

而一只耳则一直笔挺挺地站着，脖子伸得长长的，正在津津有味地看热闹呢。

"我不是叫你一直蹲着别动吗？你怎么站起来了？"

莫利妈妈非常生气，它用后腿使劲地踢了一只耳一下，踢得它四脚朝天，滚倒在地上。看来，莫利妈妈的家教还是非常严格的。

四

　　有一天，一只耳正在原野上和莫利妈妈一起吃草。

　　一只老鹰突然出现在高空中，莫利妈妈见了，马上抬起后腿踢了踢，跟老鹰开了开玩笑。

　　于是，老鹰便瞄准莫利母子俯冲下来。

　　"孩子！跟我来！"莫利妈妈马上跃起身子，钻进了附近的野蔷薇丛里。

　　那只老鹰生气了，于是就在茂密的草丛上方飞来飞去。

　　"孩子，你瞧！野蔷薇就是这么保护我们的！即使是飞在天上的敌人也奈何不了我们。"

　　莫利妈妈一边提防着草窠上方飞行的老鹰，一边开始清除蔓草。草窠里有一条兔子通道，那条路上四处都是蔓草，一只耳也跑上前去，学着妈妈的样子，帮妈妈清除蔓草。

"孩子，你这样做就对了。"莫利说，"这样做，道路就能变宽了，相当于除去了我们的绊索。"

"相当于除去了什么？"一只耳问。

"绊索呀。绊索的样子跟蔓草差不多，但是，如果你把头伸到里面去，就再也拔不出来了。"

"那么，像蔓草那样的绊索能抓住我吗？"

"当然啦！它可是相当危险的呢！因为，不管白天还是晚上，它都会埋伏在路上，一不小心，你就被逮住了。"

"哼！它有那么大本事？我才不信呢。"

说完，一只耳便拼命伸直了身子，在一根光溜溜的小树上摩起自己的腮帮和下巴："妈妈你也太胆小了，这样的事情我才不会相信呢。"它那语调都充满了自信。

见一只耳这个样子，莫利妈妈不禁想道："看来这个孩子已经长大了，不再是小娃娃了。"

原来，在树枝上摩擦腮帮和下巴，大公兔才会这么做。公兔子这么做，是想把自己的记号印得到处都是。

一只耳现在即将告别儿童时代，要变成大兔子了。

可莫利妈妈还有很多重要的本领没教给一只耳呢。

八月一个闷热的夜晚，莫利妈妈带着一只耳来到了森林里。

母兔走在前面，它那像棉花团一样的尾巴向上翘着。一只耳一路上都在盯着妈妈那闪闪发亮的白尾巴，跟在它后面跑。这个白尾巴就像一盏灯笼，不过，当莫利妈妈停下脚步一屁股坐下来的时候，这盏灯笼就不见了，此时，莫利妈妈已经把自己的尾巴坐在屁股底下了。

莫利妈妈带着一只耳，一路上跑跑停停，就是想调查一下附近有没有隐藏着什么敌人。

莫利母子来到了池塘边。很快，它们就听到了一阵"呱呱"的叫声，那是雨蛙的叫声。

莫利妈妈对一只耳说："别出声，跟我来！"说完就"扑通"一声跳进了水中，水面上溅起一个水花，接着，它便朝池塘中央那根浸在水里的树桩游去。

"干吗要跳水呀！"一只耳害怕起来，不过，既然妈妈都说了"别出声，跟我来"，它只好硬着头皮跟了过去。

一只耳果断地跳进水里。尽管妈妈告诫过它别出声，但它还是不由自主地"哈"了一声。

就像平日里在地面上奔跑一样，一只耳使劲地移动自己的四只脚，于是，它惊喜地发现，自己的身子慢慢地向前移动了！

这样一来，一只耳就学会了游泳。莫利妈妈想要教的，就是游泳这项本领。

一只耳一直向前游着，一会儿就游到了池塘中央那根浸在水里的木桩旁。但是，对它来说，从这根长在水中央的木桩爬上去却也有些难。尽管如此，一只耳还是爬了上去。

浑身湿乎乎的莫利妈妈正坐在树桩上等它爬上来呢。

"好样的！逃跑的时候，如果这样游的话，那些跟在后面的敌人就追不上我们了。明白了吧？流水就跟野蔷薇一样，都是我们的朋友，千万要记住哦！"另外，莫利妈妈又补充道，"要留心哪个地方有青蛙叫，有青蛙的地方就有流水。"

莫利妈妈这么一说，青蛙唱歌时的歌词也改了，好像变成了："来吧，来吧，有危险的时候，请随时到我这里来。"

五

莫利妈妈和一只耳总是被狐狸追逐。

因为狐狸特别狡诈，所以，想摆脱它可不是件容易的事。

但是，莫利妈妈和一只耳却想出了一个对付它的好办法。

有一天，狐狸正在追赶莫利妈妈和一只耳，就见它们直接向有泉水的地方跑去。泉水附近有人类种植的荆棘草。兔子母子一下子就钻进了荆棘丛里。荆棘丛围成了一个猪圈，里面养着猪。

兔子母子一跑到猪圈里，狐狸就没辙了。它也想钻进去，但却被上面的刺儿扎了脚，因此，它最后还是不得不放弃了。

后来，每每被狐狸追赶的时候，莫利妈妈和一只耳就会跑到这个荆棘围成的猪圈里来。

一只耳也有被狗追逐的时候，不过，它已经摸索出了一套高明的逃脱技巧。

"好啊！今天总算找到一个向臭鼬报复的机会了。"一只耳想。

臭鼬是莫利和一只耳的敌人。

在被猎狗追逐的时候，一只耳便跑到了一个有臭鼬居住的地方。臭鼬一般白天睡觉，一只耳把那只狗引到那附近之后，就想法逃跑了。

臭鼬听到了外面的动静，马上睁开了眼睛，见一只狗正冲着自己这个方向跑了过来，不禁吓了一大跳。这时，那只狗也发现了眼前的臭鼬，于是便以迅雷不及掩耳之势扑了过去。

此时，一只耳的心情好到极点了。

可一只耳正在得意扬扬之时，另外一些狗和它们的主人也跑过来了。

此时，一只耳正好有点儿累了。它心中暗想："不就是狗和人吗？那么，我只要逃到洞里就安全了。"于是，一只耳就潜入了洞中。

"哼！那些狗和人类呀，也不过如此，没什么可怕的。"一只耳心下窃喜。

可事情并不像它想的那么简单，因为，正在这时，一只黄鼠狼钻进了洞中。

一只耳"嗖"的一下子从洞里跑了出来，但是，令它意想不到的是，它却一下子钻进了一个口袋里。原来，猎人这回不光带来了狗，还带来了黄鼠狼。猎人把那只黄鼠狼放进洞里之后，又在洞口准备了一个袋子，就等着一只耳自投罗网呢。

一只耳就这样被人类给活捉了。

一只耳被装进了一个袋子里，袋子上面又罩了一个小箱子，被搁在了院子的一角。

猎人不知去了哪里。一只耳从袋子里跑了出来，但是，因为隔着一层箱子，所以它根本出不去，只好在箱子里跳来跳去，始终没有发现出口。

一只耳使劲用后腿叩击着地面，向莫利妈妈发出求救的信号。

但是，没有等来莫利妈妈，却招来了一只大花猫。

什么声音？大花猫好奇地挠着小箱子，箱子稍微露出了一条缝儿。突然，里面钻出了一只兔子。

大花猫大吃一惊，马上追赶起兔子来。一只耳一直朝着有青蛙叫声的方向跑去。一到池塘边，一只耳"扑通"一声就跳进了水中。

大花猫追到了池塘边，可它根本就不敢往水里跳。

从出生以来就被人类追逐的一只耳这回可是吃尽了苦头，于是暗下决心："我可再也不敢往洞里跑了。"

被猎人抓住后还能从他们手中逃出来，这也算是很幸运的了。

莫利妈妈见一只耳回来了，十分高兴，它对一只耳说："千万不要过于自信哪，孩子。你这回差点儿就因为过于自信而毁掉了自己。"

但是，一只耳现在已经不是小孩子了。它嘴上答应着："嗯，我知道了。"可是，它心里还是渴望着各种不同的冒险经历。

又有一天，一只狗跑了过来，一只耳见了，便对妈妈说："妈妈，那只狗又来了，你看着吧，一会儿我就去把它撵走。"

听了这话，莫利妈妈觉得自己的孩子真的是长大了，变得坚强了，可以独当一面了。可它还是忍不住有些担心。

"孩子，你这样做太冒失了。"莫利妈妈说，"别忘了你那些倒霉的经历！"

"您说些什么呀，没关系的！我只是跟那只笨狗开开玩笑，那样做太有意思啦。再说，跑步是一种非常好的锻炼方式，如果我跑累了，就叩击地面发个信号给你，你过来换我不就行了吗？"

但是，这还不是它的拿手好戏。

六

一只耳三蹦两蹦就跳到了猎狗前面。

猎狗见是一只耳，大声地叫着追了过来。

一开始，一只耳还觉得挺好玩，跑得还十分高兴。可是跑着跑着，它就感到疲劳了，后来，它就变得筋疲力尽了。于是，它便"嗵、嗵"地敲起了地面，向妈妈莫利送去信号："妈妈快来替我呀！"

可是，不知为什么，莫利妈妈却迟迟没有来。

哎呀！这下可不好办了。一只耳只好自己想办法了。

一只耳毕竟是一只聪明的兔子，它马上决定把各种办法都尝试一遍。

首先，一只耳很快跳进了小河旁边茂密的草丛里，并且在草丛里胡乱地兜起了圈子，这是一种"迂回的办法"。这让后面追来的猎狗费了好长时间才辨清它的踪迹。然后，一只耳一下子跳过了那棵斜长着的树桩。从那里继续向前奔跑。跑着跑着，它突然转身沿着自己刚才踩出的脚印倒退了回去，这是一种"逆行"的方法。之后，它又朝旁边一跳，接着又一次使用"逆行"的方法。逆行了一会儿后，它稍微休息了一下，等猎狗从别的地方过去后，一只耳重新返回了树桩边，随后，它"砰"地往高一跳，跳到了那根木桩上，爬上了最高处，蹲在那里一动不动了。它这回是"变成了树"。远离了地面，它的气味就不大会往下沉了。这样一来，敌人就不会轻易发现了。

过了老半天，猎狗才跑过来。经过了这么长时间，兔子的气味已经消散得差不多了。猎狗感到特别茫然，于是便从树桩下走了过去。

"我还以为有多难呢。"一只耳又骄傲起来。

可就在这时，猎狗却又折返回来："这里明明有兔子的气味嘛。"于是，猎狗也登上了树桩子，一只耳紧张到了极点。可猎狗并没有察觉，在它看来，一只耳只不过是一片树荫罢了。于是，它终于死了心，从树上跳了下去。

后来，一只耳终于长大了，它离开了莫利妈妈，开始了独自的生活。

有一天，一只耳正在清除路上纠缠在一起的蔓草，对面的草丛里突然露出了一只兔子的耳朵。

它看见了，刚想喊："啊！妈妈！"可马上就闭上了嘴巴。那根本就不是莫利妈妈的耳朵。

一只耳以前一直在这片土地上生活，除了莫利妈妈外，它还没见过其他的兔子呢。"没想到，这只外来的兔子竟然跑到了我们的地盘！"

它忍不住发起火来。

这时，那只外来的兔子的身体已经完全暴露出来了，它砰砰地跳了过去，在树的旁边停下来，那棵树可是一只耳平日使用的"蹭树"。

所谓的"蹭树"就是公兔子摩擦自己的身体而印上记号的树，有这种记号的树都属于自己的势力范围。

外来的兔子跑到那棵"蹭树"旁边站定后，抬起下巴，在那棵树上蹭了起来。

一只耳悄悄跟在它后面，很快就来到了那棵树底下。没想到，那只兔子竟然在比一只耳留下记号更高的地方留下了印记！之所以会这样，是因为那只兔子比一只耳长得要大很多。一只耳更生气了。"到了我们的地盘，还把自己的记号印上。这种事决不允许，哼！那就干一场吧！"

一只耳怒气冲冲，"嗵嗵嗵"地用后腿敲打起了地面。它这样做的意思是警告对方："快从我的地盘上滚开！否则，我就要动武了。"

于是，那只公兔子也敲起了地面，意思是："想把我给赶走吗？没门儿！想动武就来吧！"

看来，一只耳和那只公兔子之间的战争是不可避免了。

"扑通，扑通……"两只兔子很快就激烈地打斗起来。

从打斗中可以看出，那只公兔子的头脑并不太灵活，作战方式不是很高明，它不过仗着自己身体高大，将一只耳打得落花流水，毛都被它给拔掉了，真是一次惨痛的经历啊。

没有办法，一只耳只好起身逃跑，它现在浑身是伤，而那只大兔子又追了过来，看来，它是一心想把一只耳打死呢。

七

从那天开始，一只耳的生活就变得恐怖了，那只外来的大兔子总把它搞得提心吊胆的。

莫利妈妈教给一只耳如何逃避其他敌人，可却没教给它被一只同类追赶时应该怎么办。

更为苦恼的是，那只外来的兔子竟欺负起了莫利妈妈。

莫利妈妈上了年纪，奔跑起来已经不太快了。于是，它马上就被那只外来的大兔子追上了。没想到，这只外来的公兔子却对莫利妈妈说："喂，你给我当老婆吧！"

莫利妈妈拒绝了，它说："这绝不可能。"所以，那只外来的大兔子就开始欺负莫利妈妈了。它想尽办法让莫利妈妈听从它的命令。

一只耳想帮助莫利妈妈，但那只公兔子实在是太强大了，一只耳根本就敌不过它。

公兔子抓到了莫利妈妈，就把它掀翻在地，拔掉它身上的毛，手段特别残酷，而且，这几乎成了它每天必做之事。

一只耳不知所措地跑到莫利妈妈旁边，外来的兔子非常生气："你要是捣乱的话，我就先把你弄死！"

外来的兔子追起了一只耳，可由于它身体太重了，所以奔跑速度不如一只耳快，尽管如此，它还是打算把一只耳给弄死。

有一次，外来的兔子采用了一个特别狠毒的办法。当时，正好有一只老鹰飞过来，外来的兔子就把那只老鹰引到了一只耳藏身的地方，自己却躲进草丛里。一只耳那次差点儿被老鹰给抓住。

老鹰飞走后，一只耳刚松了一口气，那只外来的大兔子马上又追了过来，一只耳只得再次惊慌地逃跑了。

一只耳每天都被那只外来的大兔子追来追去，所以，它每天都吃不好饭、睡不好觉。莫利妈妈和一只耳全都瘦下来了。

一只耳实在厌烦这样的生活。于是，它终于下定决心：带着母亲，离开这块土地。

这里有一只耳和莫利妈妈经过长时间建造出来的道路、家和饲料场，舍弃了实在可惜，但也是没有办法的办法。

就在一只耳刚想和妈妈去别的地方的时候，猎狗"汪、汪"的叫声又传了过来。

听到猎狗的叫声，一只耳马上有了主意：好啊！走之前我也得碰碰运气。它对莫利说："妈妈，我来应付那只猎狗，你快跑到什么地方躲好了，我想出了一个好办法。"

"要是危险的话，就不要做了，不如趁早离开这里。"妈妈说。

"我知道了，马上就完事。"一只耳说完就冲着猎狗跑去。

"汪……汪……呜……汪……"猎狗追起了一只耳。

一只耳先是故意绕着沼泽地跑了三圈，给莫利妈妈留出了充足的时间躲藏，同时，它暗地里搞清了那只外来兔子的藏身之所。

猎狗以极快的速度追了过来。一只耳便一直朝那只外来兔子的窝边跑去。到了那里，一只耳"扑通"一声跳起，越过了大兔子的身体，并且使劲地踢了大兔子脑袋一下。

大兔子被气得火冒三丈："看我这回弄死你！"说完，它就从窝里蹦了出来。

可它刚一露头，猎狗一下子就看到了它。"呜……汪……汪……"猎狗转而攻击起了新的猎物。大兔子惊慌地逃了起来，可它的身体实在是太重了，根本跑不快，再加上头脑又不太灵活，所以，它无论如何也逃脱不了猎狗的追赶，只会不停地采用"逆行"和"迂回"的办法。这些办法那些年幼的兔子都会。现在，猎狗就一直跟在它的后面，那两种方法怎么也行不通。

一只耳跑回了莫利妈妈的身边，刚把身体隐藏起来，那只外来的兔子被猎狗捉住扭打在一起的声音也传了过来。

接着，传来了一声恐怖的悲鸣。

那只外来的兔子终于被猎狗给弄死了。听到这个声音，一只耳不由得打了个寒战。

八

外来的兔子被猎狗咬死后，一只耳母子终于重又成为沼泽地的主人，"啊！真高兴啊！"

可是，这对兔子母子的好心情并没有维持多久，接下来，奥里凡特老头儿又做了一些令它们十分为难的事。

一只耳它们住着的沼泽地是属于老奥里凡特的。老头儿这回想动手清理一下自己的土地，将它们弄得干净些，于是，他把那片荆棘丛围成的猪圈拆除了，然后又放火烧掉了沼泽地东南角的杂树林。

一只耳和妈妈不知怎么办才好，以前被狐狸追赶时，猪圈就是它们逃跑避难的城堡。另外，那片杂树林既是躲避老鹰的隐身之处，又是寻找食物的好去处。可惜，这些避难所以后都不存在了。

福无双至，祸不单行。后来，有一只水貂来到了这个地方。

水貂可是令兔子们非常恐惧的敌人。它们不管是钻到洞穴里，还是逃到砍倒的树上，水貂都能追过来，而且，它跑起来还特别快。

"这回可难办了，我这么大岁数了，跑不快了。"莫利妈妈难过地说。

"我一定会想出办法来的。"一只耳说完，就跑了出去。这时，它已经想出了一个好主意。

一只耳的计划，是把水貂引到奥里凡特老头儿的鸡舍里。果然，那只水貂追着一只耳跑到了鸡舍里。

"哎呀，这可真是一顿丰盛的大餐呀！"水貂见有这么多的鸡，觉得比抓住一只兔子可要开心得多。所以，它不再追赶一只耳了，而是在鸡舍附近定居下来。

奥里凡特老头儿现在又开始砍伐池子周围剩下的树了。一只耳和莫利妈妈觉得，那些树木倒下时也会大声地喊疼，所以，一只耳母子也很悲伤。

树上的鸟大声地叫喊起来："不像话！太不像话了！"但它也无能为力。

莫利妈妈悲伤极了，过了一会儿，它就出去寻找医治脚伤的药草去了。由于莫利妈妈的脚力越来越弱，所以，这段时间以来，它出去寻找药草的次数也渐渐增多了。

奥里凡特老头儿砍伐林子时，地面上已经有很多积雪。一到晚上，周围都变得十分寒冷。

"真冷！实在是太冷了！"上了年纪的莫利妈妈感受到严寒，又感叹道，"要是那片杂树林还在的话，该有多温暖哪！"

是啊！林子可以遮挡冷风。可是，林子已经被砍掉了，冷风没有了任何阻挡，就呼呼地大声吼叫起来，凶猛地涌向了沼泽地。

不久，又下起雪来。要是有林子，林子也能遮挡那些迎风飞舞的雪花。

可是，树林却消失了，雪直接落在了沼泽地上。

莫利母子所待的草丛，都被狂风暴雪包围了。

一天夜里，在大片飞舞的雪花中出现了一个黑色的身影，是狐狸！林子被砍伐时，田鼠和一些别的动物都从林子里逃跑了，所以，这只狐狸从此就抓不到猎物了，它经常饿着肚子。现在，它想在这个大雪纷飞的夜里找点儿什么东西吃。

莫利妈妈听到了"沙沙"的响声，于是便迅速地碰了一下一只耳的胡须，提醒它"有敌人"。它们两个连忙跳进了铺满厚厚积雪的田地里，狐狸盯上了跑得慢的莫利妈妈，从后面追赶起它来。

没有时间思考了，莫利妈妈跑到了池塘边，"扑通"一声跳入了水中。

狐狸追了过来，紧跟着也跳进了水里。

"啊！太冷了。"狐狸马上从水里钻了出来。

但莫利妈妈却继续在水里游着，没有回头路了，因为狐狸就在岸边守着。莫利妈妈本来就很弱的腿抽筋了，尽管如此，它还是使足力气向前游去。

终于，马上就要接近对面的岸边了，就差那么一点儿了。

可就在这时，风却猛烈地刮起来了，大片的雪花扑在了莫利妈妈的脸上，莫利妈妈一丁点儿力气都没有了，又被风推回了水中。

莫利妈妈的腿在冷水里泡了这么久，逐渐变硬了，动作也变得迟钝起来，没过多久，它心脏的跳动也变得微弱了，两眼逐渐失去了光泽，最后，它的脚再也不动了。再说一只耳，它把那只狐狸引出了很远，直到狐狸彻底死心了，才返回来寻找莫利妈妈。

但是，它怎么也找不着妈妈了，因为，它的妈妈此时已被冰冷的水给吞没了，再也不会醒来了。

可怜的莫利妈妈，它同敌人勇敢地作战，顽强地抚育着自己唯一的孩子一只耳，到最后，自己却孤零零地在冷水中冻死了。

所有动物的母亲都像莫利妈妈那样，把自己的孩子看得比什么都重要，在把孩子抚养长大后就都死去了。人类的母亲当然也是一样，很多母亲都在默默地尽力完成自己的责任，等孩子长大她们也悄然去世了。

　　可是，母亲的智慧和出色的身体，真的就永远消失了吗？就没有留下点儿什么吗？不，不是这样的，莫利妈妈那极高的智慧和出色的体力，被自己的孩子一只耳完好无损地继承了下来。

　　在天气晴好的日子里，如果你走到奥里凡特沼泽地的附近，"嗵嗵"地给兔子发去暗号，就一定会看到已经当了父亲的一只耳和它美丽的妻子，此外，还能看到它们那些可爱的孩子。

　　老奥里凡特去世后，沼泽地一带又变得绿树成荫了。并且，与莫利妈妈年轻时一样，这块土地现在又变成了兔子们的天堂。